JN060189

幸喜高齢者のリアル

クレイジー軽子

文芸社

目次

第二章　山とジムと仲間

第一章　高齢者のリアル

✦17年前の出来事!!

①民生委員の人が来た……

定年退職と同時に、60歳!!　民生委員の方がピンポーンと玄関のベルを鳴らした。ハ～イ!!と応対!!

「民生委員の○○です。ここの地区の担当です。よろしくお願いします!!」と。初めての訪問者!!　60歳以上の方の見守りでこれから定期的に来ます!!　何か困りごと、相談したいことありましたら、いつでも電話くださいと小冊子を置いていった。にこやかで感じがよかった。

でも内心がっかり。エッ?　60歳ってまだ何でも出来る、バイトも週3回は行っていた。血圧が高い、骨粗鬆症があるが。趣味の登山、ハイキング、水泳と元気だと思っていた。それを見守り?　(元看護師という職業経験を活かして働いて行こうと思っていた)60歳を過ぎるということは、世話をするとかさせてもらうとかではなく、世話をしてもらう、管理される身なんだ!!　と一瞬目の前が真っ白になってしまった。

定年のときには今まで働いたのでゆっくり休んでくださいね。仕事のレールなんてないんですヨ。

これからは人生のレールは自分で敷いてください。と言われたことがふっと頭をよぎった。でもさびしいネ。

いざ退職へ。時間をもてあます。あれもしたい、これもしたい、旅行にも行きたい。あんな料理も作ってみたい!! 絶対に夜12時前には眠るゾ!! 時間をたっぷり使うぞ!! と意気込んでいたが、そんな計画を立て実行するまでのワクワクする時間は、そうは続かなかった。自由な時間がありすぎて、かえってストレスになり自由が苦になりはじめてきた。定年後の自由な時間でワクワクするのは数年で、あれも、これもで終わってしまった。空虚な時間、自由という不自由さをひしひしと感じてきた。

民生委員の人は、そんなことを教育されての訪問だったのかと今になって分かった。65歳までバイトをしてサークルに入り仲間も出来た。でもそうそう仲間と一緒というわけではない。夫がいたり、お嫁さんがいたり、孫がいたりとそれぞれの生活があり、忙しく立ちふるまっている。そんな姿を見ると、忙しさがなつかしくさえ思えた。

定年で仕事がなくなるということは、これなんだ。職場では定年1年前より、これからの人生について、生きがいについてと時間をさいて、講義（大げさかな）、評論家（その道の達人か？）の話を仕事中に講堂に集まり、職種に構わずお話をしてくれたが、切迫感もなく、「まだまだ」と耳を傾けなかった。そんな話、聴くの早いワヨネ!!　と笑いながら……。でも現実が待っていた。生活のペースをくずさない。計画を立てること、一日のけじめをつけること。誰もが注意してくれないので生活は乱れてしまうこと。年齢と共に自分本位になっていくと、協調性が失われる、自己中心的になる、好きな時間に眠るなどの不規則になりますヨ!!

面倒だ、今日くらいはいいだろうが、毎日続き、歯槽膿漏になった人もいますよ!!　などなどの話されたことが思い出される。諭された講義、聴かないようにしていたが、耳に入っていたんですネ。

②メガネ屋さんのセールス

敬老の日!!　メガネ屋さんから「敬老おめでとうございます!!」とセールの案内がきた。まだ実感がわいてこない、そんなとき、もうあそこのメガネ屋さんには行かない!!　と怒ったりして……。

やはり、その年齢にならないと分からないネ!!　あのとき60歳過ぎの人たちを老人扱いにしてごめんなさい!!　あれから17年の歳月が過ぎようとしています。

⚜声が出な～い、老化現象（?）始まる

ハーイ!!　ソプラノいいですか、息を吸って吸って……ハイー。もっともっと……お腹に力を入れて、息をはいて……はいて……はいてー。もっと、もっと……もっと……そう～そうーお腹、お腹……お腹……。ハーイ、口角上げて目をパッチリ開けて楽しそうに笑顔……笑顔……笑顔……。

コーラスの発声練習で先生は真剣にジェスチャーをしながら、発声練習。

過呼吸ならぬ呼吸不全になりそうだ。先生はゲキを飛ばす。

皆さん、発表会に出たいんですか？　出なくても良いんですか。

先生は若い、私は60歳を過ぎ、呼吸が続かない。発声練習だけで、終わる日もあった。1カ月に2回の練習、前回の発声も咽《のど》が覚えていない、最初から、またレッスン……レベルアップなんてまだ程遠い。曲は「グロリア」だ。原語での歌詞。感情を込めて、と言われてもストーリーが分からない!!　それは大変だった。表情を豊かにして～ハーイ!!　と。声が老化と共に

衰えている。60歳過ぎ、体の筋肉が衰えるのと同じくらい、声帯がそれ以上に衰えている……。

無理？　ですヨネ……だってしわがれ声になってしまっているんですもの……。皆さん、家でも、「あ、い、う、え、あ、お」ハァーハァーハァー。ハッ!!　ハッハッ、パッパッパッァの発声練習。それと、ラ、ラ、ラ、ラの息をはく。腹筋を使うこと～。あ～と、ため息のような声も出してみて……と。

声を出して本を読む!!　特に抑揚をつけてネと先生は意欲的で、モチベーションを上げていく。

いよいよ発表会。15～16の団体から入賞が決められる。それぞれシニアクラス練習の成果を競い合うのだ。皆さん、深呼吸して……緊張をやわらげる……表情豊かにネ!!　笑顔で、大きく口を開いて歌った。

オペラの先生!!　ごめんなさい!!　期待に沿えなくて……。

今は何でもなくても口は開いてる……たるみっぱなしで……。

今度、オペラの公演観に行きます。楽しみにしててくださいね。

♦ほめごろし？　70歳

とある美容院。パーマ、カット!!　ヘアカラー!!　いつもお願いしている人ではなかった。経営者が代わっていた。背が高くて、ロングヘアに、つばのある黒の帽子をかぶり、キザッぽく見えた。「どのようにしますか？　カラーの色は？　カットはどのくらい切りますか？」といつものコースの話をしてきた。「では髪を洗いますヨ……。気をつけてくださいネ!!」と洗髪台へ案内してくれた。

「かゆいところはないですか、お湯の温度は、熱くないですか？」とこれも、おきまりの言葉だった。私が観察するように施行者も私を観察していることだろう～。

ああ～今日朝一番、若い女の子だったらよかったのに。バァーさんか？　髪はのび放題。顔は化粧気もない。眉は一文字に線を引いて、ほうれい線がバッチリ!!　唇は梅干しのしわよりまだ多く、巾着袋をギュウッ!!　と締めたように、しわだらけ!!　よけいなことだけど、顔そりは大変だろうナー。仕方がない!!　この時間は付き合おう～。お金のためだ。

と思っていただろう~と察しがついた。そこで私は、また心にもないことを言ってしまった。「あなたは高齢者の扱いが上手ネ!! 動作するたびに声をかけてくださり、段差があります、気をつけてくださいネ。ハイ!! 次は何々ですヨと、どんな高齢者にも気くばり、声かけしているの? 本当にあなたに会えて、よかったワ」

内心そうは思っていないのに。老人扱いしないでヨ!! 自分で気をつけているワヨと思っていた。

イスから立ち上がるとき、「大丈夫ですか、手をお貸ししましょうか」、イスより降りるときにも「大丈夫ですか、おトイレは大丈夫ですか」といちいち声をかけてくれた!!

後で、しまった!! ほめごろしをするんではなかった!! 後に続く高齢者は、あまり良い気分にはなれないだろうナァー、老人扱いは、しないで!! と……。

2時間足らずで見ちがえるほど、私は髪の外観が変わった!!

「ありがとうございます。とても気に入りました!! こんなにきれいにしてもらったのでどこか行きたくなりました。」と。

「そうですか若く見えますヨ!! ボクの名前は○○です。指名料がかかりますが、今度またボクを指名してください!!」と鏡を後頭部に当てて、「すっきりしましたね、とてもお似合いですヨ!!」と……。このコロナ禍でどこにも行くところもなく、友人とて、会う場所なんかないのに……と苦笑しながら。

でも、響きのよいハサミさばき、リズミカルでテンポがよく、ハサミが踊っているようで気持ちよかったナー。

帰宅……。友人に電話したら、「それ、ほめすぎヨ。きっと、他の高齢者にそんな言葉かけをしてひんしゅくを買っているかもヨ……。ほめるのも、ほどほどにしてネッ!!」と。

ああ～ひまになると、いかにして人と会話を長くするか、舌が勝手に言ってくれるか、髪カットで外見はきれいに、心は?……裏腹に……そんな美容院の一幕でした。

喜寿のリアル

私の知らない間に……いつのまに喜寿かァー。
ちょっとまとめてみよう～かナ……。
定年退職（還暦60歳）、古希（70歳）、喜寿（77歳）、米寿（88歳）。
ルンルンから‼ 心配ごと‼ 現実感、リアル墓場の心配。

定年退職（還暦60歳）
そうか退職するんだ。でも第二の人生か。楽しいネ。だって束縛されなくて済むんだものネ。すべて、自分の好きなように時間を使うことが出来るんだもの。ネェ～退職金、何に使うの？
私は旅行、まずきれいなところ、ヨーロッパから海外旅行したいワ、スイスとかネ、そう最初はなんと言ってもハワイネ‼ そうそう～シルクロードも行きたいワ、そして温泉ざんまい。
日本百名山の半分は登山したい。

目標を持ってと夢はふくらみ、会話がはずむ。仲間、サークルでたくさんの友達が出来た。いつでも電話するといつでも会える。ランチタイムも楽しいひととき。

数年も経つと、仲間も減りだし、親の介護、孫の面倒を見なくちゃと三々五々と少なくなり、思ったほど楽しさは続かなかった。

そうかァ～自分の好きなこと出来るも、社会から疎外された感じ。……かと言ってボランティアなんか出来ないし……やりたくない!!

今さらまた仕事するなんて、いやだ!!

いつのまにか、ワクワク感が薄れて、友人も少なく、還暦か……頭髪も白い物が増えてきた。

シニアの入り口なのかナ……と。

そして古希（70歳）

・ネェ～年金いくらもらっているの？
これでやっていけるかしら、マンションのローンまだすこし残っているのヨ、バイトでもしたら？……と人ごとのように友は言う。住むところがあるだけでも、もうけものヨ……なるようになるんじゃない、そうか……と。
・ネェ～生命保険、いくつ入っているの？

入った年齢が若いから、もー終了でしょ。今から入るのって大変ヨネ、昔はよかったネ、一時金はもらえたし、年金にも出来たでしょ。生命保険に入っているときって病気もしないし、入院もしないいんだヨネ。掛け捨てではなかったワネ。

今から入る保険は三大疾病だ、先進医療特約だと負荷がついて、掛け金が高いのヨネ……。友人曰く、これから病気したり、健康が損なわれるんだから、一つは入っていた方が良いワヨ。県民共済なんかどう?……掛け金安くて80歳（?）までは保障されるみたいだけど、調べてみれば……と。

こんなリアルな現実もあった。

・ネエー、どこの病院?　通院しているの?　どこ悪いの?

エッ?　病院ショッピング?……健康って大切だネ。やっぱりネ!!　なんとなく姿勢が悪いから腰痛いのかナ、膝痛いのかナと思っていたけど、エッ?　ツイカンバンヘルニア?　それって骨?　神経?　痛いんでしょ。

エッ?　めまいもあるの?　どうしてそうなるの?　ヘェー内耳の病気、耳石?　なんでそうなるのカナ……。めまい、グルグルと天井が回るんでしょ?　ああ~いやだ、いやだ、めまいにはなりたくない。そうそう~めまいにも種類あるんでしょ、メニエールとかいう……神経の細かい人がなるらしいワヨ。特にあんた気をつけてネ、何でも気にするんだから。ノー~N

○……と言えない人だから。それから脳梗塞とか脳腫瘍とかいろいろあるんでしょ、へェ～めまいの持病もあるんだ。

エッ？　白内障の手術もしているの？　いつ？　よく見えるようになった？

うん……針に糸が通せるようになったのヨ。

それってすごいネ。それで裁縫とかやっているの。

やるわけないでしょ、長続きはしないんだもの……。

そりゃそうだネ。不器用だもんネ（ブキヨウ？）でもね、もっとよく見えることあるの、あなたもやった方がいいワヨ。

何？　何？

……あなたの心までよく見えるようになったの……ウフフフ……。

まだあるの？

歯科にも行っているのヨ。歯がガタガタで……歯槽膿漏なんですって、義歯も作ったのヨ。40年前は、インプラントすすめられたけど、今は駄目らしいの。歯もみがかない年齢でしょ、感染症になるらしいのヨ。だから保険のきく義歯を作ったの。でもやせた太ったで合わないのヨ。お餅、ガムなどでガクンガクンするの。

マァーいやだ!!　私はまだ入れ歯なんて「縁」がないからネ。

なにサァーこの間、歯が痛いの、顔が腫れたのと言っていたくせに、もぅー時間の問題ネ。エッ？　まだまだ病院にかかっているの、今度は、どこなのヨ。エッ？　あんた骨粗鬆症なの、やっぱりね。肉が嫌いだ、牛乳飲むとお腹が痛くなる、ゴロゴロとお腹が鳴る。なに？ヨーグルト食べると下痢しちゃう？　タンパク質はなにとっているのヨ。

好き嫌いがあるから、骨粗鬆症になるのヨ、仕方ないネ。若いときからの食生活だから……。困ったもんネ。私なんかお肉大好きヨ、脂のあるところも大好き!!　アッハハハ～。私が指でボン!!　と押したらよろけて転んじゃうネ……。全く枯れ木みたい!!　にボキッと折れたりして。アッハハハ……と。

マァーそこまで言うの、あなただってこの間、足のくるぶし自転車にぶっつけて痛い痛いと言っていたでしょ？　心配したのヨ、骨折したらどうしよう～とネ。……ああ～心配して損しちゃった!!

あなたに心配してとは言っていないワヨ。一緒にしないで……。あらーいやだ、まだ病気あるんだ。エッ血圧高いの？　しょっぱい物ばかり食べるからヨ、オシンコにしょう油をたっぷりかけたり、私もいつもそう思っていたんだけど、やっぱりネ。エッ!!　まだあるのコレステロール高い？　善玉悪玉？　甘い物の喰いすぎヨ。見てごらん内臓脂肪でお腹がタプタプでしょ。う～ん……。

いやだ‼　いやだ‼　まるで病気のデパートみたいネ‼　あんた今、医療費、何割なの？　2割、そうなんだ。あんたみたいにブリッコぶって若い感じを出しているけどネ〜。病気になると大変ヨ。マァーこれ以上ないと良いけど、あなたみたいな人が医療費使っているから、若い世代は困っているのヨ。気をつけてヨ‼　みんなのためにも‼　ネ……。言われちゃった。

喜寿（77歳）

人生100歳時代というけれど。

77歳のリアルな心配は数えきれない。

特に1人暮らしになるとヒシヒシと身にせまってくる。

あぁーあと何年生きられるのだろうか。

認知症になったら、どうなるのかナァ〜。

入院するにも施設に入居するにも保証人が必要。身内でなければ駄目だという。これも困ったもんだネ。

終活の断捨離も、70年以上住んでいるので荷物が多い。物を大切にする年代に生まれ、捨てるのがもったいない。まだ使えるとふんぎりがつかない。

病気、ケガで動けなくなったとき、食事はどうしよう。買い物は、お金を引き出すには……

不安材料が多くなる。

遺言書はいつ書く、どんな内容で。もう兄弟はいない、甥、姪か……付き合いがないのに……。施設に入る資金にでもするか。退職金は全部使ってしまっている。細々と年金暮らし、それほど残すものがないが。

何と言っても孤独死が怖い。友人、仲間がいると言っても、そうそう毎日会えるわけではない。マァー連絡場所ということか。

死亡届は、誰がやってくれるのだろうか。


そのほかに77歳にもなると、考えたこともないことが起こる。自由な時間をもてあます。
・物忘れが多くなる。
・やりたくない!! 興味がなくなり趣味もやめてしまう。
・集中力がない。
・イライラする、孤独感がつのる。
・面倒なことはしたくない。
・怒りっぽい、ひがみっぽい、涙もろい。
・わがままになる、陰気になる。

・頑固に拒絶する→保守的で自信過剰。
・自分を正当化する。
・一方的な考えを押しつける。
・がまん出来ない、おせっかいをする。
・せっかちになるなどの老人というか、老化というか等々。

高齢者、喜寿になり、こんなこともあった。

散歩していると自然に目が向いたり、虫の声、鳥の声、セミの声、耳ざわりな虫の声にも、耳を傾けるようになった。

ベランダに虫が飛んで来ると、どこから来たの？　おはよう~と声をかけたり、道端を歩いて花を見つけると、きれいだネ!!　名前は？　いつまで咲いているの、今朝は寒いネ……と声をかけたり、77歳の独り言か？

⚜いつのまにか喜寿……のリアルって

10月、半袖で過ごす夏のような気候、そして中旬ごろには冷たい北風が吹き、寒暖の差がはげしく、今まで経験したことのない金木犀の花が2度咲きし、良い香りをはなっていた。不思議な光景だった。

人生も時には、こんな出来事、奇跡があったらいいナァーなんて思ったりして。

そうそう喜寿。田舎にいるときは近所のおばちゃんが手拭いで頬かむりをし、かごを背おって、背中を丸めて歩いてる姿、なんて年寄りなんだろうと思っていた（あの人、77歳なんだってヨ）。

兄は80歳を過ぎたばかり。会うと腰が痛い、肩が痛い。なんで、そんなに痛いのかしら、病院に行っているの？　年だからしょうがないんだヨ。今にお前も、そっちこっち痛くなるヨ。年にならないと分からないヨと、暗示《あんじ》をかけられているようだ。背中を丸め、首を下げ、なんとも老人。

そして私……。喜寿の実感はない。書類を書くとき、年齢記入。そんなとき、あっそうか私は77歳なんだァー、いつのまに77歳になったんだろう。年齢を認めたくもあり、認めたくもない。そんな複雑な心境。

30代40代の若者（？）が私の姿を見て、なんて元気なく、トボトボと歩いている老人（ルックス）と見てることだろう。確かに年齢相応の老化は隠せず、自然にたとえれば木々が色づいたあと、落ち葉が舞うという状態なのだろう。

朝、夕は寒く、暖房が欲しい昨今、もし時間を戻せたら、金木犀のように見失った時間をとり戻したい。なんとなく過ぎていく時間。年の重さ、体力を感じる。今日も北風が寒く、富士山の頂上は真っ白に雪化粧をしていた。

⚜リアル（高齢者の）続き

もっと付け加えたいリアル。

鍵がないヨ↓手に握りしめていた。探し物が多くなった。

テレビがつかないヨ↓テレビリモコンでないでしょ。ケイタイ？　エアコンのスイッチをいじっていた。

冷蔵庫↓あれ、何とりに来た？　↓迷っている、物忘れ。ウロウロし、やっと気づく。

私は大丈夫ヨ↓低めのヒールを履いて坂道を小走りし骨折する。過信のしすぎ、高齢者でした。

私は同じ言葉言ってないワヨ↓それが同じ言葉なのヨ。

私のメガネ知らない↓いやだ、頭の上にあるじゃない。帽子（キャップ）を後ろに回して格好つけてたでしょ!!

何年生まれ↓昭和20年、いや西暦で言ってヨ。ついていけない。

入れ歯忘れた……いやネェ～口の中に入っているでしょ!!

天気予報見ててね↓見てたけど、他県のことしか覚えてない。

今何時↓昨日の今ごろだヨ↓あなた大丈夫？

大事なコップ割ってしまった？

きれいなバラと香りを楽しもうとして↓鼻を刺されたんだって。

バカネ……ハチが飛んでいるの見ててサァ……アハハハ……だって。

ネェ～知っていた？

水陸バス？　↓何それ、バスが湖の上を走るんだって～。そうなんだ、長生きするもんだネ、乗ってみたいネ、沈まないのかしら～。

いやだネェ、あの人↓ハイハイと聞いているが、他のことを考えているのヨきっと。

あら～お久しぶり、元気だった↓エエ～元気ヨ。サテ？　あの人は。笑顔であいさつするも記憶なし。数日後思い出し苦笑い。

朝、お仏さんにお水↓あれ？　今もって来たお水……。昨日の？　いやネ～、お仏さんごめんなさい。

お腹空いたワ↓さっき外食したばかりでしょ。食べた物は腸に行ってしまったので、胃が空っぽになったのヨ。それで食べたいのヨ……いやな人（まさか認知？　ごまかしてるの？）。

足痛い、腰痛い、腹痛い、ただ痛い↓それって不定愁訴なの？（何もしないで）
何を聞きたいの↓聞きたいことを忘れちゃったヨ。一方的にしゃべりまくるから。
影法師↓障子に影～。いやバアーさんだったのか（太ったばあさん）。熊かと思ったヨ。あ
あ～びっくりだ。何年一緒にいるんですかと怒る母。機嫌の良い父。
サイフのお金減らないネ↓スーパーの買い物、カードですませてるから。
ネェ～暗証番号って不便ネ↓使っていないから分からなくなるワ。
一周忌↓いい墓石ですね↓ほめられてお布施はずむ。
今日命日↓孫たちが来てて命日忘れてた。そんな年になりました。
最近、何食べた？　残り物、刺し身、すき焼きヨ。見栄を張って答える。貧しく育っている
年齢には、食事情報を聞かれるのは抵抗がある。そんなリアルな高齢者。

注意力の低下

朝、新聞受けから新聞を持ってきて、テーブルの上に置き、またベッドにもぐり込む。起床するのが7時30分～8時くらいかナ。

近所の人に朝寝坊していると笑われるから、早めに新聞は取り込む。

マァ～いやな性格ね!!　いいところを見せようとしているのかしら～と、苦笑。

おもむろに起きて、さ～てと新聞、新聞……と。あれ？……おかしいナ、昨日の記事と同じことが書いてあるワ。あら……本日のうらないも同じだワ。

変だワ……とあくまでも自分を信じる私……。

社会面から読んでいく……ページをめくってやっと気づく。今日の新聞は主人をジーッと見ている。私のこと、いつ気がつくのかしら？

新聞が「早く今日の記事を読みたいんでしょ!!　私はここにいるワヨ!!」と言っているようだ。

いやだ、これ昨日の新聞だったんだ……でも内容を覚えているだけでも、えらいネ!! と自分をほめながら朝刊を読む。だらしがないというか、無頓着……いや、注意力がないというか……いささか自分を疑ったり、もう～そろそろ（？）かナ……。

注意力が欠けてきてるということは（77歳）初期に入っているのかナ。多少気になってきた。

そんなこんなで、日めくりカレンダーで月日を確認したり、昨日の出来事をカレンダーに記入したり、指さし確認ではないが、声を出して確認する習慣をつけることにした。新聞事件だけでなく物忘れも出てきてるので、自分を観察していこう。加齢によるもの……天気によって抑うつ的になることがあるが……友人のSさん、Tさんに「変なこと言ったり行動したら教えてネ!!」と言っておこう～。

彼女たちは言うだろう。若いときから天然だから、77歳で急に物忘れ、注意力がなくなったわけじゃないから心配しなくて良いんじゃない？　と。

高齢者の日常のリアルを通して

エッ？　また忘れてしまった。どこ置いたかナァーとさがし物する機会が多くなったり、あの人、何という名前だったかナァーとあとで思い出して苦笑したり、そんな行動が多くなる。そんなとき、本当に認知症になったのかナァーと不安になり、葛藤《かっとう》しイライラしたり、気分が落ち込んだりすることもあるが、私の場合は仲間であったり友人であったりとコミュニケーションを大切にしている。

傷つく言葉も多々あるが容認し、また、同じことを言ってしまったかと笑って、受けとめるようにしている。認めたくもあり認めたくない。複雑な気持ち。

その人の人生感や、価値観を大切にし、自尊心を傷つけない。

言葉、謙虚な態度が大切と思っている。

身内になると、特に、「なんでまた同じこと言っているの？」「また同じことをしている」と怒ったり、無視したりする。毎日のことなのでそうそう良い顔だけは出来ないだろう。気分をそらしたり、本人、家族の気分転換も必要だと思う（日常、周囲を見て感じた）。
ところで私もリアルが多くなってきてる。
早期に対応すれば、進行を遅らすことも出来るようだ。
早めの受診を心がけている昨今である。

✦高齢者のロマン

いや～楽しいネ。大空を見上げ、もっと、もっと、高く、高くと願いながら無言で宙を見つめる。そして一点を追う。回旋しながら遠く遠くと、豆粒のように小さくなり宙を舞い、地上に降りてきた。時間にしてどのくらいかナァー。

無風で、よく宙を遊んで、どんなもんだい!!　と自慢してるようで、悠々と飛んだ、紙飛行機。

たかが紙飛行機、されど紙飛行機。

地上に降りて早く私を見つけてヨ。そこじゃないヨ。ホラここにいるのにどうして気づいてくれないのかナァ。そう、そうもっと右側、右側の木の間。そうー木に芝生の塀、あなたが一生懸命私に手をかけてくれたでしょ。そして格好よく、あなたにほめてもらいたいの。もっと早く走って私を見つけてほしいナァー。

私は紙……冷たくなると湿ってしまい、次に飛ばされても期待に沿えないかも。だから早く私を見つけてお願い!! よっこらしょ!! 見つけたヨ!! よく飛んでくれたね!! 太陽とお話し出来たかい!! 雲さんは、何か言っていたかい。空気おいしかったかい!! 紙飛行機に私は話しかけながら、そして、みんなによく飛んだでしょ!! すごかったネ、すごかったね!! と仲間も声をかけてくれた。その時、

あッあのときの△△さん?

ボクだヨ。○○さんじゃないかなと声をかけたんだけど、変わっていないネェ〜と、私は△△さんには、大変ご迷惑をかけたことを思い出した(自宅に観葉植物、ベンジャミンを購入して数日後植木鉢からヤモリ? イモリ? が出てきて大さわぎになり、パニックになった記憶がよみがえり、殺しては駄目ですョとベランダから外へゆっくりと逃がしてた姿を思い出した)。そんな強烈なインパクトあり、覚えられたのかもしれない。しばし昔話をして、「ボク今、紙飛行機やっているんだ」と。

仲間の男性がまた声をかけてきてくれた。△△さんはすごいんだヨ。NTTの電波塔(?)の上を舞って、あそこの高さまで飛んで行くんだヨと。

初老の男性は、白いあごひげ、色が黒くて、がっちりした体格。想像だけど『老人と海』に出てくるような人物に見えた。手がゴツゴツ、しわしわの手。作り方、分かったかい? △△さんのはよく飛ぶけど、俺はまだまだなんだ(10年以上はやっていると)。

一度で作り方分かったかい？　ブキヨウな私は正確さに欠けた。紙飛行機はね1ミリ2ミリの差、折り目が命なんだヨ。飛行距離や、すぐに落下するなど、数学的、創意工夫が必要なんだ!!　俺は何機も作って試作してるんだ!!　あんたもやりたいのかい？　おもしろいヨ!!

自分で作って挑戦してドキドキして、そして達成感を楽しむんだヨ。

人の作ったのを飛ばしても達成感はあるが、自分で作ったのは、違うワクワク感があるヨと教えてくれた。

そして数日後、公園へ。知り合いの仲間はいなかった。他の仲間に聞いたら、さっき昼だからと帰ったヨ!!　と。紙飛行機がむずかしくて試行錯誤していることを話したら、また公園のベンチで教えてくれた。

十数名で毎日のように、子供さんが少ない休日以外は挑戦していると目を輝かせ、童心にかえったようにしながら話してくれた。不足の材料も、これ使うと良いヨと……。後期高齢者とは思えないくらい若々しく輝いて見えた。高齢者でも夢を追い、ロマンと情熱を感じた。

そして私たちもロマンを求めて仲間になった。いい出会いだったナァー。何機も飛ばして出来具合を一丁前に話したりして。

大切に扱わないと飛ぶものも飛ばなくなるので気をつけてと。

明日天気になぁ～れ!! 自分の作ったので挑戦するゾ!! と。あのワクワク感をもう一度!!

時刻表

駅に時刻表をもらいに行った。昨年置いてあったところをキョロキョロとさがしていた。駅員さん……どうかされましたか？　と。

時刻表が欲しいんですが、どこでしょう～か。

ああ～時刻表は廃止になりましたヨ!!

エッ？　電車の時刻調べるには、どうするんですか？

今はスマホがあるでしょ!!　デジタル化ですからネ……と。

困惑した表情をしていると駅員さん、どこまで行くんですか？　と検索してくれた。

メモをとる。ありがとうございました。メモを無造作に、買い物袋に入れてしまった。全く無意識の出来事だった。ポイッとどこかへ入れてしまって、アラ？……メモ用紙とバッグの中、サイフの中をさがし続けた。

お客さん、今のことでしょ!!　ポケットはどうですか。地面に落ちてませんかと、あわててさがし続けたが見当たらない。もう一度メモをとる。

駅員さんはけげんそうな表情で「この人大丈夫かナ‼」とでも言いたげな表情だった。

お客さん、もう一度、家に帰ってさがしてみてくださいネ。

なんと買い物袋にメモが入っていた‼

なにげない行動、焦りで見えるものも見えなくなる。これも高齢者のリアルかな？　あわてんぼう～で、おっちょこちょいの行動かナ……。

なにか不安になった。

デジタル化が進むと、メカに弱い高齢者は、どうなっていくのかなと考えさせられる日でもあった。

休日散歩……いつも休日だが

ねぇ～今度の日曜日、散歩に行かない？

うん!!　行く行く!!　と近くの湖に行くことになった。

夏……もう夏ではないが暑い。

途中に手の届きそうなところに栗が落ちていた。

フェンスで道路と、栗畑に柵がしてあった。

うわ～、手が届かな～い。目の前なのにネェー。

よ～いしょっと……あと10センチくらいで届くのにネェー。

足をフェンスにかけ、手をのばすも……もうすこし～、もうすこし～、う～ん、届かない。

栗がピカピカ光っている。数個が落ちていた。

よし!!　帰りだネ!!

ぼっきれ（棒）を拾ってこようね、うん楽しみ……と足どりも軽く、彼女は先に立ち、私は後からフーフーハァーハァーと息も上がってきた。

ねぇーねぇーと話しかけてきても、あいまいな返事で相づちを打つのみ……。

おかげで体力もつき、筋肉アップし、体重も減少。

湖の前で弁当を食べ、スズメたちがたくさん飛んでいた。人間に縄ばりを奪われて、チィーチィーチィーと鳴いていたんだろう。

えさをあげないでください‼　とはり紙がしてある。

足元に、スズメが群がっていた。

おにぎりの米つぶを数個、パラパラとまいた。

警戒心が強いのだろう。一羽が飛んできて確認するかのように1個（？）ついばみ、仲間を呼びに行ったかのように思えた。そのとき仲間か家族か、おそるおそるやって来た。

「えさをあげないでください‼」と書いてあるのも、なぜかほほえましい。無言で見つめ続け、えさがなくなると、一斉に飛び立っていった。

どこ行くんだろうね‼　と顔を見合わせ、ほっこりしたひととき。

木の枝を拾い、杖代わりにしながら、途中でクルミの落ちている小高い山へ登り、クルミを拾って……。

誰かいないかしら……民家もないし、こんなにたくさん落ちているのに、どうして拾わないのかしらネェ。

拾う？……どうしようか？……。

拾う？　うん……と、たちまちビニールの袋がいっぱいになった。その場で実を取り出して
ゴクン!!　と。調理法を考えながら、よかったネ!!　とニコッと笑って～。

栗だネ!!……アッ棒っきれ、忘れちゃった……ああ～。でも拾っていこうね……と。

まだ栗はそのまま落ちていた。フェンスをのぞいたり足をかけたり、フェンスの下から手を
のばしたり、なかなか手が届かない。

2人とも、なんとも言えない格好だと思う。

そのとき「栗欲しいんかね!!」と声をかけてきた男の人。すぐそこだから売っているヨと。

ドキッ!!　エッ？……いや～、……オオ～と胸をなでおろした。

なんと大地主さんの家が、蔵があって、門構えがまたりっぱ。△△△と表札、また驚いた。

どのくらい欲しいの？……○○の市場（?）にも朝持っていったので、すこししか残っていな
いヨと、けっきょく3袋購入して何ごともなかったかのようにして、案外と安価な感じだった。

――いや～びっくりしたネェー……と複雑な気持ちだった。

彼女も私も田舎育ち。

少々なら勝手に拾っていた。そんな軽い気持ちで拾ってきた。

たまたま兄に話した。

お前やめてくれヨナ。窃盗罪でつかまっちゃうんだヨ。オレの妹だと知ったら、恥ずかしいからナと……。

田舎とは違うんだヨと注意を受けた。

今日はだいぶ歩いたネ‼ 楽しかったネ‼ 驚いたネ‼ と言いながら帰路へ。

言うまでもなく窃盗罪にならなかっただけ。

よかったネェー。なんというスリル感？ 今となっては……。

クルミは野菜のあえ物にしていただいた。

今度は気をつけようね……うんそうだネ。

あのときは汗と冷や汗が出たネ……でも注意されなかったネ。

私たちの手が届かないのを、見て見ぬふりをして声をかけたのか。

それとも私はモタモタして、見るからに高齢者だと思ったのか。

夕暮れで、ちょっと涼しい風が吹いてきた。屋根の上には猫が2匹、けだるそうに、ねそべっていた。

日中暑かったからかナァー。でも屋根は、かわらぶきで熱いだろうにナァーと思いながら家についた。ひと夏の出来事だった‼

彼女とは、ジムで何となく知り合い、5~6年は経っている。

それぞれの距離感をもって、土足で心に入り込まないよう、暗黙の了解を得たような、付き合いしてると思う。

時には他人様のことを言ったりするが、傷つけないように注意して、知的、行動的で、料理が上手で、なにかと情報が早いかナ。

良きアドバイザー。

一方、私と正反対なところもある。時間ぎりぎりなのはちょっと気になる。また完全主義まではないが、物事が出来上がるまでとか、探求心をもうちょっとゆるめると良いのにナァーと思ったりするが、それが彼女の良いところかもしれない。

肉の嫌いな私に、肉を湯通しをして、食べなきゃ駄目ヨと健康を気づかってくれたりして……私の天然にもうまく付き合ってくれている。

◆マンションの管理人さん、多様化すぎ？

老人の心理を知ってか知らずか……そして1人暮らし、いつも声かけしてくれるのは、高齢者だけではないですヨ。老若男女、幼児学童みんなに声かけをして親しまれている管理人さん。

ちょっとおちゃめ気があり。

あッ？　管理人さん、スマホ何か変、操作が分からなくなっちゃった。変なメール届いちゃった!!　どうしようー（自分で判断しなヨ、人生の先輩なんだから……）と顔には出さない、どうしたの？　と対応してくれる。

住民の方の名前を覚えることにしているんだヨ。だって、知らない人や押し売りの人が来たときには、すぐに対応出来るようにネ!!　と話していた。住民とのコミュニケーションも欠かさない。

あるとき私は、掃除機に電源が入っていてスムーズに掃除出来ていたが、急に音だけで吸引しなくなった、どうしてだろう、停電でもない、音も出る、故障かナ？　そうだ、管理人さんに見てもらおうー。どうしたの？……いとも簡単にホースをはずしたら、ペットボトルのキャップがひっかかっていた……○○さん、なんでこんなの吸引したの。掃除機が「窒息」しているじゃないの？　人間だったら大変なことだヨ。なんでこんなキャップ吸引したの？　ちゃんと物を片付けてからしないと……。

ハ～イ!!　今度気をつけます、ありがとうございます。掃除機の呼吸困難でよかった。人間だったらと思うとゾッとする。よかった!!　と安堵したが……一件落着?!したと思いきや、またまた次の事件が……。

どうにかしてほしいんですヨ!!　と、ゴミに出してくれということですか？

親にしかられる子供のようにうつむいて……ハイ!!　と……。

虫を取るためベランダに粘着シートを置いていたところ、粘着シートにスズメが羽をバタバタさせていた。使用しないでくださいね。ボクもかわいそうだが助けることも出来ず怖いですからネ!!　と。分かるワ、管理人さん、本当にありがとうー、スズメさんごめんなさいネ、アーメン……。

高齢化が進み、核家族、1人暮らし、老人の1人暮らしも多くなり、家族がいれば解決する出来事も管理人さん頼りになってしまう。電球の交換だなんだかんだと個人の身の回りのことまで頼られるようになったら、これまた管理人さん、無限のサービスに感謝しております。

⚜うぐいす嬢、半日だけの選挙カー

友人宅でたき火をしながら鮎（ヤマメ）をアルミホイルに包み、骨酒をごちそうになった。

ご主人は渓流釣りの名人だった。山形、秋田県と東北の川で釣ってくる。夜出かけて夜ねむらずに山形に着き、ひたすらに下を向いてガケにぶちあたることもあったそうだ。ガケからヘビが舌を出して怖い目にあったり、川の流れに足をとられたり尻もちをついたりと大変な釣りのようだったがご主人は「楽しいヨ!! ずぶぬれになって寒いけど、火であぶった鮎を想像したり、そしてB級C級のお酒に鮎をひたして、飲むのを想像するだけで気分が高揚するんだヨ」と話していた。

そして、ごちそうになる日。ご主人家族とたき火でこんがり焼けた鮎の姿、香りはまた海の魚と違い弱いが格別だった。お酒を40℃くらいに沸かし、鮎の姿にジワジワ……とお酒をなみなみと注ぎ、陶器のどんぶり、平たい器で……。

最初は、チビリ、チビリと香りを楽しみ、ちょっと鮎の姿に箸を2～3回つつき、お酒がぬるくならないうちに香ばしく、炭くさく、皮のこげ目がまた、たまらなかった。これがおいしいんだヨ。一尾に対して1回だけで味がなくなるんだヨ。身を食べても味はしないヨ!!　と寒い夕刻は最高だった!!　お酒飲まない人には分からない味。奥さん、ごめんなさいネ!!　とてもおいしかった。顔も赤らんできた。そして鮎の口から串刺しにして、たき火で焼いてくれた。これまた美味、お腹から口いっぱい頬張って、いいあんばいの塩かげん。夕刻なので、赤々とたき火の火が顔を照りつけていた。昔風の縁側に腰かけて……いや～おいしかった。

ところで、今日のうぐいす嬢～はどうだった。1日だけの、仮の応援だった。車に乗せられてマイクを持って、原稿を読むだけだった。言葉の抑揚もなく、ただ、棒読みでいいとのこと。感情が入らなくて良いのかナァー。何度か目を通して……対向車の選挙運動の車が出た。「おたがいに頑張りましょう」と原稿にないことを言いかけたとき、そんな勝手なことはしないでください!!　車は走るだけで、私のうぐいす嬢は終わってしまった。

私は思う。これから敵同士になるかもしれないが、おたがいに頑張りましょう～……共通する考えもあるだろうし……選挙前から、ぎすぎすして。

おたがいに言葉をかわす、ピリピリしなくてもいいような気がする。余裕が必要だネ。そんなことを、骨酒をふるまってくれたご主人に話した。軽ちゃんはやっぱりお嬢さんだネ!!　と軽蔑（？）された。

天然だネ!!　と言いたかったのか、何も知らない世間知らずだね!!　世の中を知りなさいと言いたかったのか……そんな苦い経験。苦い酒にならなくてよかった。選挙を通してまた思い出した。私またうぐいす嬢になったら、おたがいに頑張りましょうと、白の手袋をして相手に手をふることだろう——。

❖酉《とり》の市を目前にして　賞味期限、消費期限？

今年もまた、酉《とり》の市が近づいてきた。熊手作りは材料の仕込みから、作品制作。その日が近づくにつれてピリピリする。

副業としての作業、片手間にやるわけだから、大変な仕事だ。毎年同じものを作るわけではない。伝統を守りつつ、そのときのアイデアを出して制作する。夜中までいつもかかるとか。

3寸、5寸、8寸、一尺、尺と、なぜかセンチでなく昔ながらの呼び方。熊手も平《ヒラ》とか（本来の熊手）、尺になると女性では作るのが大変だ。絵を描いたり、筆を使用してのなめらかな曲線……。息子のお嫁さんでなければ出来ない仕事だ。

おじいちゃんは「オラァ（俺の）息子には、無理だナ」とお嫁さんに伝授したらしい。オラァーところの嫁は何でも出来るんだ。商売も上手だし客との取引だってそりゃー息子には出来ないナー。よく出来た嫁っこだヨと、私が手伝いに行くとよく言っていた。日曜日は朝食後より始める。

疲れたナァーすこし休むべ。軽ちゃんも疲れたでしょ……、疲れたべ!! 今日は3寸、5寸を10本くらい作るのが目標で、デザインはもう構想している様子。嫁さんは夫に、あんた今日は何本作る予定なの、タバコばかり吸っていないで、手も動かしてヨ。ダラダラしていたら終わらないワヨ!!

息子だって今日は日曜日、まだ寝ているんだから、酉の市まで間に合わないんだからーとハッパをかける。一服しようーとピリピリした表情が一瞬やわらいだ。

ところでサァー、軽ちゃんは今何歳なの？ あらそうなの、夫と同い年なの？ あのパタクレと…アハハハ……。50歳を過ぎているのかァー。なんで結婚しないの……結婚したことあるの？ そうかァー賞味期限もなくなったナァー、消費期限も過ぎたナァー、無理だナァー。相手だって選ぶ権利ってあるだろう～から——。彼氏いるの？ いないの？ へェ～そんな大きなオッパイをもっているのに……。何の役にも立っていないの？ 子供はいない!! 夫はいない!! 彼氏はいない!! オッパイは大きいまま……もったいないで誰の役にも立っていないの？ アハハハァ～。

何の役にも立っていないんだ。牛だったらホルスタイン知っているでしょ？……年を取って、おちちを出さないともう～屠殺場行きなのヨ。もう軽ちゃんは役に立たないから、屠殺場行きか、もったいないねェ～。

誰かいい人いないかしら～、あの人はどうかナァー。そうか、軽ちゃんより年下だから駄目だナァー、しばし考え、ニヤニヤしながら――。

そうだ、家のダンナはどう～。お古だけどサ、まだ使い物になるワヨ。のしをつけて、軽ちゃんにあげるヨ。あの人、すけべェ～だから、オラ～あの人、飽きてしまった。いやだ!!　軽ちゃんどうぉーと、ところ構わずオナラをしたり、昼寝しているとお尻をボリボリ、無意識に、片足を上げてかいているのヨ。100年の恋も一ぺんにさめてしまうのヨ。

マァーいやだ!!　いやだ!!　なんで、そんな自分でも困っている人を私に押しつけるの？　私だっていやですヨ。

そうか、のしつけて、軽ちゃんにあげようと思ったのにアハハハ

――。ああ~疲れもとれた、ストレスも解消した。仕事、仕事――ほら？　あんた仕事遅れるワヨ!!　天気の良い昼下がり。どこからともなく金木犀の香りがしてきた。もうすぐ熊手市……お客さんあっての商売だから、木村さん所の熊手で、もうかりましたヨ。来年も来るヨ!!　お金にまさるよろこび。ご祝儀をもらったより、うれしい言葉だヨ。お客さんの声ってありがたいね。ほこらしげに言っていた。威勢のいい声、シャンシャンシャンシャン……と声が聞こえそうだ。

70歳の御夫婦「サギ」まさか？　本当の本当!!

午後……今日も暑いネと言いながら、「主人と午後のおやつ、麦茶を飲んでいたときのこと……」と奥さんは話してくれた。いつになく暗い表情だった。マンションでも近所でも自宅に上がることがない。廊下で立ち話、暑いけど、汗をふきながら立ち話を静かに。もう数日は経っていて、動転していた気持ちもあきらめに似た表情。

聞いてヨ……。何かあったんですか？……と何の気なしにたずねた。

家もサギに遭ったのヨ？

エッ？　いつ!!　どこで!!……誰に!!　矢継ぎ早に話をせいた。

聞いてくれる？　午後3時ちょっと前くらいだったワ。主人とお茶を飲んでいたら電話が鳴ったの。3～4回で受話器を取ったの。そしたら、お母さんボクだけどボクだヨ!!……モシ、モシ……名前を言ってと言ったら何と……お母さん、いやだナァ～ボクの名前を忘れるなんて、もう認知症になってしまったの、ボクだヨ、ボク!!

奥さんは気づいたそうだ。声が変だ。どうしたの？　会社のお金を？　書類を忘れてしまって、お金を今日振り込まないと大変なことになる。30万円でも50万円でもいいので、すぐに振り込んでほしい‼　緊迫した会話、お父さんに代わるネ‼　と主人に話したら、「そんな大事なこと、息子が大変なことで電話しているのに、悠長な会話していられるか？」と。受話器に耳を当てて、でも変なのヨネ、声も違うし、トーンも違うし……△△ちゃんじゃない感じするんだけどネ‼　と言ったんだけど、信じ込んでいる主人に何を言っても駄目だったワ。

分かった、銀行が閉まる時間は15：00。

銀行、間に合わなかったらATMから送って、何に使用するかと言われたら、「こづかいを送ると言って」とか言っていたワ。

そして主人が振り込んだのヨ。10分～20分もしないうちに、息子を名乗る子からご丁寧にも受け取ったヨ、ありがとうと電話が入ったのヨ。

たまたまお金、台所をガス台からオール電化にするため、おろしておいたお金なのヨ……私は何か変と感じたの、ダイレクトにボケているなんて言う子じゃないし、ちょっとなまりもあったの……。

主人も1人息子でとてもかわいがっていたし、将来のことでも頼りにしていた子なの。何が何でも応援したい、助けてあげたい気持ちで冷静さを失ったみたい。

次の日に息子に電話したら、ボクそんな電話なんかしてないヨ!!　と、そこで気づいたの。それにしてもズーズーしいサギネ。警察に連絡したけど、手遅れだったワ。主人もショックで、私に何も言わないの。しばらく会話のない日が続いたけど……私ね、生活なんとかと（相談所？）いうところに電話しようかと思ったのヨ……と本当にもう～くやしいワ……。

私は息子とは、いつも電話しているから、声は分かっていたのヨネ。

主人に言いたかったワ。お金のことで電話するような子じゃないでしょと。

思い込みや先入観!!

女、子供に何が出来る!!　と、私なんか本当に存在感が薄いのヨネと。でも終わったことだから、大金でなくてよかったけど……〇〇さんも気をつけてネ!!

先入観はだめヨ。何と言っても今日の今日……「今すぐ!!」には気をつけてネ!!　と。

今でもテレビでサギ師のことを放映されると思い出す。

「サギ師」さんに言いたい。

おじいちゃん、おばあちゃんは、悪いことをしてテレビに映る孫、子供よりも、良いことをしてテレビに映る孫を自慢してますヨ!!　と。

自分のおばあちゃんに受け子が行き、キャッシュカード取り替えられたことを想像してほしいネ～。

✦私も、今で言うサギに遭う

ネェ～軽ちゃんは、人がいいし、のりがいいからいつもだまされているでしょ？

ううん、一度だってだまされたことないわヨ。

うそ～私は知っているんだから、ほら、いつか言っていたでしょ。ある女の子に、「学費がないの、職場でいじめられて休職し食べる物もない、電話するお金もない、食品を買うお金もない、食事は2～3日食べていない、風邪を引いているけど病院に行くお金もない、持っているお金は100円しかない、どうしようもないのヨ」と言われたよね。「水分は水道水だけなのと、体に必要なポカリ（イオン飲料水）を飲みたいけど、お金がないからどうしようも出来ない」と言っていたと、宅配便で、ポカリ、お米、野菜、脱脂粉乳、ハチミツ、リンゴ、餅を送ったと言っていたでしょ。あなた、だまされていたのに気づいていなかったのヨ。

あァ～そうか……思い出した。人情に弱い私はすっかりヒロインになってしまったネ。どうも彼女は父母と死別し、一人娘で育った彼女はまだ小学生？か中学生で、財産はおばさんが握っていた。畑か田んぼは彼女の名義になっていたらしい。大切な印鑑だけは持参していたが、ある日彼女のアパートに入り、おじさんが持っていってしまった……と。

私は思い出した。鍵はどうしてたの？　外出外泊時アパート出るときには鍵をするでしょ。大切な印鑑、目の見えるところに置くはずないでしょ。被害届出したの？　そんなにお部屋荒らされて……。

彼女はだまっていた。当時彼女は25～26歳くらいだと思う。

それっておかしくない、大家さんに相談したの？　おじさん、おばさんだと断定出来るの？　おじさん、おばさんアパートに来たことあるの？　う～ん。来たことないの……じゃなんで分かったの？　住所知らせていたから……。

私は怒りでいっぱいだった。何とかしてあげたいという気持ちがムラムラと正義の味方を発揮（？）させ、警察に届けた方がいいワヨ、おじさんと連絡とれたの？　と言っても、彼女はうつむいて何も言わない。私はこれにも気づかなかった……。

そして彼女は、「私は父母のお墓がどこにあるか分からないの、墓参りもお金がないから行っていないの、行きたいんだけど……」と。お寺さんは？　とたずねるも分からない。行ったら分かると思う。

なんてかわいそうな人と共感したり共鳴したりでお金を貸すことにした。九州まで行くんだと言っていた。墓参りに行ったか行かなかったかは、連絡がなかったかナ？　そうそう、「行ったけど場所が分からなくて」と言われたような気がした。

そのときは彼女に腹が立つというより、おじさん、おばさんに腹が立った。親戚は、ないと言っていた。彼女とは看護師の資格があって専門学校で知り合った。これでも私は気づかなかった。

家賃が払えなくなったので6万円貸してほしい、風邪を引いて職場を休んで無給になったので、お金を10万円貸してほしい、病院に行くお金がないので10万円、20万円と……依頼してくることが多くなり、同僚に話すと、「軽ちゃんそれって変じゃない、給料の次の日とかボーナスの次の日と、何か変じゃない？」……。

看護師の資格があるのに、なんで美容室でバイトするの？　美容師になりたいんだって、応援してあげたいの……同僚は言った、軽ちゃんの身内ではないんでしょ、なんでそこまでしなくちゃいけないの？　その人、変ヨ!!　軽ちゃんをカモにしているのヨ。早く目覚めなさいヨ!!

でもかわいそうでしょ、一人っ子で頼れる人はいないのヨ。あんたってバカネ!!　だまされているのヨ、本当に!!

それからも美容室のバイト、洗髪（お客さんを）しているとき、熱湯が出てやけどさせてしまった、治療費を支払い請求された……。

私は言った。熱湯が出たのはあなたの行為ではなく、給湯器の故障ではないのか？……彼女は言った。自分の責任だって……と。不思議だナァ～、洗髪するときには必ず頭部に当てる前に、確認するはずなのに……。

そこでもお金を貸した……そして、そして美容師の試験日、「道具を盗まれた、道具がないと試験を受けられない。学校から借用するためお金が必要だ」と電話があり、またそこでお金を出す。なんで気づかないのか……また家賃を滞納してアパートを出なければならない。これまたボーナス出た次の日（？）だった。私はヒロインになって……ちょっと私の部屋に来てみない？……1泊2日して帰った。どうも住みにくいと……私はまだ目覚めなかった。そこで何百万円もだまされたことに気づいた。

すったもんだあり、1カ月1000円ずつ入金して支払うことを約束したが6カ月で入金が途絶えた。

何百万円をだましとられ、心まで入り込み、踏みにじり、返金6000円でカタをつけられるとは……。

正義の味方だった。「生活保護でも受けてみてはどうか」ともアドバイスをしたが、彼女は笑っていただろう。

なんて簡単に人を信用する人なんだろうと。そして2~3年後、職場に電話してきた!!　でも大丈夫!!　電話には応じなかったから~。ずーずーしいのも程がある。私は自分も信じられない、人も信じられない、不信感に陥った。

かわいそうな人ではなくて、私がかわいそうな人……数十年前の出来事。まだ働いていたから、給料もほどほど。それを知ってか知らずか、だまされた!!　彼女は言った、破産宣告したと、だから支払いはしなくて良いと。

私は思った!!　だますより、だまされた方が気が楽だと。彼女は一生だました行為で悩み続けることだろう――。私だけではなかったようだ。

お金は戻ってこないが、心が豊かになった気がする。疑う気持ちも必要だが、人を見る目、話し方、動作、距離のとり方、自分が大丈夫!!　まさか?……自分にかぎって……親切はかえって相手を悪にしたりすること!!

もし、今「サギ師」から電話がかかってきたら、

例　おばあちゃん!!　あの~会社のお金、電車の網棚に置いてしまった。お金が必要、何とかお金工面してくれ、助けてくれと電話があったら、

電話してくれてありがとう。私も、あなたからの電話を待っていたのヨ。年金生活で困っていたのヨ。医療費は上がるし、デイサービスにも行かなくてはならないのヨ。老人ホームに入

るのに資金、そしてお墓を買う資金も欲しいのヨ……だから私にもお金を融通してほしいの……。お願い!!　あなたはいい孫ネ!!　と……人に恥じることしないように!!　あなたのお父さん、お母さん!!　おじいちゃん、おばあさん、そして親戚の人たちがあなたがテレビに出たら、どう思う……。

早く足を洗いなさい!!　と言ってあげたい!!

若い!!　青春!!　後ろ指さされて生きるより、人を喜ばせて自分もいい仕事した!!　疲れたけどいい気持ち!!　一杯!!　グイッ!!

人生を楽しく~人をだまさない!!　だまされない（?）をモットーに!!

◆嚥下《えんげ》障害、唾液が……⁉

ネェーネー‼　こんなことない？

どうしたの？

この間ＰＣＲ検査に行ったのヨ。唾液の検査だったの。唾《つば》を出すんだけど、なかなか唾が出なくて大変だったワ。２回目のときには、ガムをかんで唾を出したけど。

それに最近水を飲み、口に溜めておくとなかなか飲みづらくなったような気するのヨ。あなたはどう～？……。

私は、そんなことないワヨ……軽ちゃんも年ネ‼　加齢よ‼　加齢‼

私は、まだ大丈夫ヨ……それじゃＰＣＲ検査どうだった？

そういえば……ほら～ネ……あなたも……ウフフフ……。

３年前から、コロナウイルスでコーラスが休会となり、発声することもなく会話する機会もなく、自発的に声を出す、歌うことが少なくなった。

ましてや、大きく口を開けることもなく舌を意識的に動かす、息をハッァア!!　ハッァア!!　ハッァア!!　と出すこともなく、咽を開けて、お腹の底から声を出すこともなく、そんなこんなで舌の筋肉、唾（唾液）を飲み込む筋肉が衰えたのかナ？　コーラスで発声することがよかったのかナ～。3年くらいの間に加齢に？　ちょっと心配になってきた。

水をすすった。ゴクンゴクンと飲み込むことが出来たが、口に溜めた水はゴクンは時間がかかった。散歩のときにときどき発声練習をしながら……。

テレビで、パ、タ、カ、ラと発声すると誤嚥《ごえん》の予防になると放送してたことを思い出した。

パ＝大きく口を開ける。

タ＝舌を上あごに乗せる。

カ＝咽の奥を開ける。空気を出す。

ラ＝舌を下あごにおし上げる。咽の奥より声を出す。だったかナ？

唾液を出すための運動、体操として日ごろ、気づいたときに舌で、あめ玉をころがすように左右の頬を刺激する、舌を動かすことが良いとか。両耳下腺の下、あごをやさしくマッサージする。

ジワァ～とは唾液が出ないが（梅干しのすっぱさ）、1日1～2回は実行している。友人に伝える。そうなの？　とあまり関心はないようだ。

唾液は、大切だ。誤嚥性肺炎や、食物をかみ、飲み込むとき、嚥下機能が衰え、気道に入ってしまうおそれもあるらしい。

加齢と共に衰えてくるらしい。そのためにも口のパタカラ運動をした方がよいとのこと。口が乾燥するのも危険信号かナ……誰が、このような現象になると想像していただろうか。リアルである。現実を見つめて今日もパタカラ運動と発声、調子はずれの歌を口ずさもう～アアア～ラララ～とそんな幸喜高齢者になりました。楽しみながらランランラン……ラー。

感謝

元気か？　どうしてる？　新米出来たで、今日送ったから。

明日届くと思うヨ、ちょべっとだけど食べてみな、うめ～と思うヨ。

新米だから水をとべっと減らすと、おいしいヨと。

なまりのある、ほっとするひびきの声。

そしてあるときには、「サツマイモ好きだと言ってたっぺ、サツマイモ送ったヨ。から豆(ピーナツ)、から付きと、からなしのを送ったヨ。食べ方分かっぺ!!」と。

分かっぺサ、電話の向こうから声が聞こえた。からのついているのはゆでて食べるとおいしいヨ。からをむいたのは油でいためて、おみそ、砂糖、みりんでからめて食べるとおいしいヨ。

日持ちもするしネ。作ってみナ……アハハハ……と。

名産のメロン、ジャガイモ、サツマイモ、干しいも、エシャロット、なんと言っても新米が好きだ。名産のお米、炊き上がるとプ～ンとお米の香り、粒々が光って。何杯でも、おかずが

なくても、一度に1合は食べてしまう。

そしてお正月用品、お餅、セリ、レンコン、大根、人参、ゴボウなど。

初めての味、ピーナツ（粒りゅう）入りのお餅、ピーナツの香りあり、コンロで焼くと部屋中にいい香りが漂う。本当にお礼してもお礼しても足りないくらい感謝してます。いろいろとご迷惑かけているのに、このように親身になっていただき、うれしさで一杯です。春夏秋冬と産地の物を送ってくださる。

霞ヶ浦。樹木がたくさんあり、朝日、そして湖に沈む夕日をながめ、帆引き船（現在は営業していないとか）を毎日ながめ、彼は田舎を満喫していることでしょうー。

そして私はいつのまにか喜寿。そんな年を

迎え、コロナ禍にも負けず人生を謳歌してる、今日このごろ。

日本の平均寿命が延びているとか。私の長寿の秘訣は第二のふるさとから届く、春夏秋冬の味のおかげです。ありがとうございます。

『幸喜高齢者のリアル』、読んでいただけたらうれしいです。

親友77歳、同級生、バアバアーのリアル

親友の話。

この町で生まれ、この町で育ち、結婚し、この町で子供に恵まれ、孫も生まれた。

今はすっかりバアバアーの顔。

今日は孫たちが来る。ちょっと化粧をして、ジイジイーは（夫）は薄くなった頭を気にしながら、お赤飯も出来たし、娘の好きな煮物も出来た。今日だけは夫婦のケンカはなしヨ、おとうさん——と。

ああ～孫が来たら、何と声をかけようか……オイラの顔を見て泣かないだろうか。ミルクをあげようか、だっこもしたいネ!!　おんぶもしてみたいネと、夫婦（同級生）はワクワク、ソワソワしながら孫たちの来るのを待っていたとか。

マァ～、こんなに大きくなって……ママの小さいころに似ているワネ。鼻の高いのはパパ似、それともおじいちゃんに似ているのかしらー、かわいいネー。

ジイジイ（夫）はグローブのような手で赤ちゃんのホッペをポン‼

さわって‼　つついて‼　大はしゃぎ。赤ちゃんは大人の口って大きいネ、笑ってる声も大きいネ……。

ジイジイーは頬ずり、ひげが痛いヨ、ああ～これがお酒の臭い……。

そして、タバコの臭い……ママ……助けて……気づいてちょうだいジイジイー、これがジイジイーのにおいかな、バアバアーは横で笑っていたとか。

ジイジイーは釣ってきた魚の料理、バアバアー料理が大好き。みんなで食べて飲んで、笑って笑って泣いて。そして孫に、この子は美人だぞ‼　かわいいネ……孫たちと会えるのがこんなに楽しいとはネェー、
と、親友は電話の向こうで話をしていた。

そして東日本大震災……笑顔が消えた‼　家も流された。そして最愛のご主人も遠く遠くへ、帰って来れないところへ行ってしまった。そんなつらい日々……でも子供たちや孫たちの成長を見ていると笑顔が戻ってきた。津波で家は流されたが、玄関前のバラはいつまでも咲いていたという。

彼女は夢を売る、人を喜ばせる、そんな仕事をしていて、朝早くから農業の主婦たちが、きれいになりたいとパーマをかけに来る。すてきに出来上がる。見ちがえるほどに……世間話を

イラスト　Kimi

しながら、田舎のデパートだ。

　そして、花嫁さん。きれいにお化粧し、角隠し、赤の打ち掛けとみるみるうちにすてきな花嫁さん……なんてすてきな夢を売る。輝いている……一番すてきな姿に変身させてくれる。美容師さん。みんなに感謝され、喜ばれている。

　そしてある時には、
ネェ～元気？　田舎は寒いワヨ。今日はタヌキ、シカがあいさつに来たのヨ、本当に。

　田舎になったワネ～とか、たまには同級生のことや津波の後の復興情報を話してくれたり……そうそう～今度木の橋が出来たのヨ（隈研吾さんの建築）。今度来たら行きましょうネ、とてもおもしろそうな橋なのヨと。

新ワカメ、宮城のサンマ送るネ。と自分が作った農作物も送ってくれる……同級生っていいネ……いつもありがとう～。新ノリおいしいワネ。ごはんいっぱい食べられる。そして疲れていても車を飛ばして買いつけ、送ってくれた娘さんのKちゃん、ありがとう。

幸喜高齢者……いつまでも笑って、何かで喜んで（喜寿）。もうすこし人生を楽しみましょうネ。また、田舎の話聞かせてくださいネ。

防潮堤が出来て、海が見えないとか……話を聞いていると海の香り、波の音、潮風の音が聞こえてきそうです。

田束山《たつがねさん》より、吹き下ろしの風は、冷たいでしょうね。

いつまでも同級生、親友でいましょうね、また会う日まで。

生前贈与、そんな年齢？

ねェ～終活してる？

私たち喜寿ヨネ、実感はないけどね、いつのまにこんな年になったのかしらネェ～。

考えてもいなかったヨネ。10年後の私なんて……どうなっているか、生きているのか死んでいるのか元気にしているのかなんて……。

子供たちにすれば、おばあさんだものネ。

この間、お母さん保険に入っているの？　病気になったらどうするの？

今はいいけどサ、一番怖いのは事故で亡くなったり、認知症になったりしたらどうするの。遺産相続とか生前贈与とかあるんだけど。何か考えている？　老人ホームとか考えているのと言われて。そのときはお話出来なかったワ。

そして言うのヨ。父母が認知症になると、お金をおろすことが出来ないので委任状も書いておいてネだって……とそんなこと話されるとは思ってなかったワ。時代が変わったワネ……私

たちはまだ77歳ヨネー。あなたの家はどうしてる？
　私たちもそんなこと考える年齢になったのネ!!　認知症で!!　老人ホームだ、生命保険の受取りだ、お墓はどうするの？　と……後期高齢者になるということは、こういうことなんだネ。
　そのうちに葬儀代も準備しておいてとか、戒名代も準備しておいてと言われるのかしらネェ～。死ぬのも大変だネ、何でもかんでもお金お金だもんネ。
　幸喜高齢者だと思っていたのにネェ～ん。みんなで苦笑した。

入れ歯に名前を入れる

今日は抜歯後（某大学病院）約1カ月で、元の歯科へ再診。義歯を再度作り直さなければいけない。そこで先生に相談した。新しく出来上がる義歯に名前を入れてほしい。前の先生に出来ないと言われて。その大学病院では抜歯と口腔外科的なことしかやっていないので、出来ないと断られた。

K町のかかりつけの歯科の原田先生が言った。どうして名前を入れるのか？　と。

①認知症で徘徊したときの発見の手がかり

②交通事故に遭ったときの発見の手がかり

③脳梗塞で意識がなくなったときの身元の発見など説明し、どうしても入れ歯に名前を入れてほしいと原田先生に言った。やってみましょう〜。名前にしますか苗字にしますか？

しばし考えた。苗字か……。

りっぱな後期高齢者。義歯は半永久的になるだろう―ナ。今さら再婚するわけではない……

クレイジー軽子の名前の方が良いかナ。義歯に名前……。世界に、私の口の中にも軽子。先生は言った。これで良いですか？　私は「ワァーうれしい、これで安心でーす」。

看護師さんは言った。先生ってわりと器用なんですネ!!　うまく出来ましたネ!!

ボク、器用なんです。案外と……とまんざらでもない表情だった。料金が気になったが、今回は試作なので料金はいりませんヨと。内心ほっとした。

　すぐに入れ歯を入れて、本当は大きなあくびをして、口の中を見せたいくらいだった。見えないけどネ、それほどうれしかった。

　そして私は言った。

徘徊で自分が分からなくなったとき、入れ歯

イラスト　ちづ

をはずして身元を分かってもらったりしてネ。

舌のまわりの……マァーいいか……もう安心。友達に話したくてしょうがなかった。そう〜そう、先生には忘れ物がひどくてネェーと他の人から聴いたことも話した。

入れ歯を口の中にはめたままさがし続けたこと、アッ!! 俺も今日はサイフを忘れてきたんですヨ。看護師さんはメガネを使用している……。私も物忘れぐらいしますヨ（30代の女性）、メガネどこ置いたかナとさがしていたら頭にかけてたと思い出したのヨ、アハハハ……と笑っていた。思い出せるのは認知症ではないワヨと共感してくれた。

そして……帰宅。スポーツセンターで、友人にすぐに話した。

エッ？ 名前を入れたの、すご〜い!! クレイジー軽子とあとで見せて…と。いやヨ!! 高齢者だけど、まだ自分を認めていないのに入れ歯を見せるなんて……。

ああ〜言うんじゃなかった…見せなくては信じられないし……。でも言ってくれた。先生ってすごいネ!! そんなことも出来るんだ!! と。

軽子さんが初めてかナ？ 入れ歯の上下の区別はしてあげたけどネと。私は、何か皆さんがやってないことを発見したようでうれしかった。先生に他の人に知らせていいかと許可を得た……。アイデア賞、ならないかナァー。先生すばらしい、ありがとう。世界に一つだけのアイデア賞。

これが日本に広がれば、①②③が早期に発見出来るのではないかナァーと思った。人生初の挑戦でした。

今年は、雷《かみなり》が頻繁にあちらこちらで、大変な頻度でおきている。

明治生まれの母は、マァー入れ歯、金歯にするのぉ？　やめておきなさいヨ。雷が鳴ったら、大きく口を開けて笑ったらどうするの。口の中に雷、落ちるでしょ!!　お話しだって出来ないでしょ!!　笑ったり大きなアクビも出来ないでしょ!!　と真顔で言っていたのを思い出した。でもよかった。保険のきく入れ歯にして……。

⚜バレンタインデー

エッ⁉……プレゼントしたの？……そう～白い恋人のチョコレート。

いやだァ～彼、何と言っていた？

うん……ボクいろんな人からチョコレートもらっているけど、今までに最高齢の人かもしれない。ありがとう～だってサ。私は乙女（少女）のように、ドキドキ、モジモジしながら彼を待っていたの。

彼は、何の用事？「チョコレート」と言ったら、エッ、ボクに？と驚き、複雑な表情をしてたワ、ウフフフ……そして私は、彼に言ったの。誰にも言わないでネ‼と。

嫌いではないけど好きでも（？）ないジムのトレーナー。

ネェーネェー、トレーナーさん好きなの？（私77歳）（トレーナーさん30代後半かな）

いやだァー老いらくの恋？……きっとギネスブック入りネ……アハハハ……と笑って。

刺激の少ない幸喜高齢者……トレーナーさん迷惑でしたか？　ごめんなさい。

私を避けないでね。

ところでチョコレート、どんな味しましたか？　私は、ハラハラ、ウキウキした感じでした。

ボクは……苦い味……干し大根のようなシワシワの人にもらうなんて……いやボクも考えたらマダムキラーかナ、それとも高齢者キラーかな？……自慢が出来たヨと、思ったとか、思わなかったとか……。

高齢者でも、ドキドキしながら恋人を待つ気持ちは楽しいネー。

1人でニヤニヤしているクレイジー軽子でした。

好奇心があるのって楽しい。

来年もドキドキ、ハラハラ……発想の転換を楽しもう～。

彼女は言うだろう、やっぱりクレイジー軽子!!　と。

第二章　山とジムと仲間

登山ハイキング

リタイアした彼女が、ネェ～ネェ～今度、いつ休みなの？

ハイキングしているナと一目で分かるような体格で、ボソボソと声をかけてきた。

同じ職業だが一緒に勤務したことがない……。

ゆっくりした歩行、イエス、ノーが直決直断で言う人……時にはボソボソと独り言のようなことをつぶやいていた。……なんでそんな人と知り合ったのか、接点（？）はさだかではないが。

守衛さんは山男で、制服よりもニッカズボンがよく似合う人。

北アルプスによく出かけているとか、夜勤明けでもリュック、ストックを持って出かけるというくらいの山が好きな人のようで、テレホンカード（らいちょう）を持っていた。廊下で数人の人（夜勤明け帰宅の人かナ）が、守衛さんを囲んでいた。たまたま、そこに私がいた。

輪を作っている人から、アンタ……山好きなの……名前教えてヨ。

定年退職を迎える人だ。

彼女は公休のたびに1人で山に行っているらしい。そしてリタイアして1年も経たないうちに、お誘いの電話が入った。

あんた‼　いつ休みなの？　今度一緒に秩父の山に行かない？　と私にとっては、何となく危険信号のような人だった。いやだったらいいのヨ、行かなくても……私1人で行くから高山不動なんだけど、根が浮きぼりになってて、ちょっと歩きにくいけど、いいワヨ（良いところ）と。

私は、行ってみたいワと答えた。行ってみたいじゃなくて、行くの？　行かないの、どっちなの？……と年齢ははるかに上だから、上から目線で、いざ高山不動山へ。

「私はこの靴」と革で頑丈そうで、履き慣らしているようで、大切にしているようだ、年数が経ってるようだ。靴を見せて、山歩きは慣れているのヨと。

ゆっくり歩くからネ、気をつけてヨ、根にひっかかって転ばないようにネ。山道は狭いから、登る人は優先で、下山する人は道のはじによけるのヨ。

分かっていた。ハイ‼……となんとなくぎこちない会話。

ネェーあんた‼　あんたのポリシィーは何？　ビジョンは？　スキルは？　何に？　と次から次へと尋問のように質問してくる。いやな人だナァー。インフォームドコンセント‼　ってどう思う……。

△△勤務なんだからサ……ＱＯＬどのように対応しているの？……とボソボソと話しかけてくる。私は思った。人に質問する前に自分の意見を言ってから聞いてきてヨと。しどろもどろだった。登山で汗をかき、何も考えないで仕事をしてる私にとっては、冷や汗だった。

いいのよ、あなたの考えだから、正解はないんだから……でもそんなこと知っているのと、知っていないのでは、対応の仕方が違ってくるワヨとボソボソと話してくる。味もそっけもなく、おもしろくもない会話。でもこれが私の仕事に大変役立ったのだった。

片手に地図を持って、花が咲いていても見向きもせず、ゆっくりとした足どりで進んでいく……。山にはいく通りもの山道がある。都会の（地上）のよう

にビルがあるわけではない。家があるわけでもない。目印になるものは何だろー。ときどき、会話しながら、高山不動へ……。

疲れた？……ハイ!!　すこし……。

私を信用していた？

……ハイ……。

信用しなければ２人だけで登山なんか出来るはずないでしょ!!　と思った。そして、何度かハイキングに低山登山をくりかえした。私も心をすこし開くことが出来た。

そして、２泊３日の登山、長野、岐阜県の御嶽山と木曽駒ヶ岳に行くことになった。彼女の車で途中まで行き、山行だ!!　また車の中は２人だけの密室、いやだったなー。御嶽山、大岳で１泊し、次の日は木曽駒へ……。数年後。

マァーなんと御嶽山が爆発するとは思ってもみなかった。私たちはなんとなくきつい山だったが楽しかった。黙々と歩いたがすばらしかった……。

御嶽山で亡くなられた人の、ご冥福をお祈りいたします。また泊めてくれた旅館に感謝いたします。

そんなこんなで彼女とは山友になったが、数年前にあの世に行ってしまった。御嶽山噴火も知らずに。思い出をありがとう～。

⚜登山ハイキング、今何歳？

山の会の山岳ガイドさんは、山グッズを販売している店長さん。初級、中級、上級の3部に割り当て、1カ月一度の山行計画を立てていた。私はもちろん初級。バスをチャーターしての登山で、定員25名がいつも満員でキャンセル待ち。奥さんと二人三脚で、そのつど下見に行って来るみたい。だから、2回ずつ同じ山に行っていることになる。バス代を加えてガイド代（2人分）、保険も含めて1回6500円~8000円前後。店長さんは色が黒く、背は低いが、がっちりした体格、まさにアルピニスト。

登山している足の運び、ルックスもばつぐん。ニッと笑うと白い歯がまた魅力的。

奥さんは、お店を手伝っている。安価にはしない。「自信のあるものを売ってるのでネ!!」と。登山では一番後ろで、気くばり目くばりが、すごい!! 筋肉質の健脚で、あとすこし、頑張ろうーとゲキを飛ばしたり、リーダー（店長）には歩行が早いヨ、遅いヨと指示したりする。なんて頼もしい女性だろう。あこがれの人でもあった。

初級なので片道2時間~3時間くらい。だんだんと疲れて（体力不足？）速度が遅くなっていくと、店長さんは、「軽子さんは今何歳？……。そうなんだ、後に続いている女性たちを見てごらん」と。私は何を言おうとしているのか？　何を教えようとしているのか見当がつかなかった。登りと下り、ストックの使い方、もちろん、足の運び方、疲労している姿ではなかった……。

「70歳をとうに過ぎているんだヨ、コツを覚えるといいかナ？」と遠回しに言ってくれた。やはり経験することだネ。リュックをいかに軽くするか……も、ボクなんか石をリュックに大小詰めて歩いたり水を入れて重さを感じたりしたんだヨと、寡黙ながらも話してくれた。

「下りは当時は得意だった。リーダーより先を歩いたりして、まだまだだナァー。何が起きるかを予測しながら、先に立つのはリーダーの役目だ」

と、いろいろとマナーを教えてくれた。

富士山にも同行してくれた。酸素の使い方、高山病にならないようにと私の歩幅に合わせてくれたり、ストックを忘れて店長は自分のを貸してくれたりと、呼吸が苦しく疲労困憊で、もうろうとしたあの当時を思い出す。

四季折々の花……そして北アルプスの黒部五郎岳、薬師ヶ岳と強風で稜線を歩くのもままならないところ、飛ばされたらもうー終わり。……涙が出るくらい苦しく、なんで……と、何度

思ったことだろう。
店長は言った。よくみんなについてきたネ。もっとバテてしまっているかと思ったヨ。リュックを持ってあげようと何度も思ったが自分の荷物は自分だけのもの……手を貸してはいけない‼ とはげまし続けたんだヨ～。もう～大丈夫だネ。
よくやった‼ H市の店長さんもかたい握手をして肩をポンポンとたたき、励まし、登頂出来たことを喜んでくれた。とてもうれしかった。こんな困難があるからこそ仕事も続けられると、心に誓った山旅でもあった。
自分にも登山にもすこし自信がつき、連泊で縦走や海外旅行にも行けることに自信をもらった。

お店を閉じたが……まだガイドをしているのかナァー。すこし成長した私を見せたい。喜寿を過ぎた今はハイキング程度、ジムで筋トレ、フレイルを予防しているが……。

落ち葉が散りはじめ、風も冷たくなってきた。ときどき窓から富士山が見える。感情によって、きびしかった富士山がきれいに見えたり、どんよりとした日には、富士山も機嫌が悪いのかナァ〜と。ながめる富士山は、いろいろと話しかけてくる〜。ア〜ラ……感傷的になったりして、高貴（後期高齢者）になったのネ。

いろんな山との出会い。苦しい、きつい、もういやだー。なんで登るのと思うが、達成感。登山前のワクワク感がまた良い。きつさを忘れて、また山に行きた〜いナァー。

⚜山登り55歳の節目

そうかァ〜55歳かァ〜早いナァー節目だナァー。50代何かァ〜挑戦してみたいー自分を試してみたいナァーと、そして思い切って仲間に、登山したいんだけど、ご一緒していただけませんかとお願いしてみた。まだ知り合って山行したのは数回だけ。

エッ？　軽子さんと……私1人では、軽子さんと2人だけで登山するのは自信ないワ。ちょっと待ってて……。数日後、高山にも何度も挑戦している2人を紹介してくれた。

軽子さんって健脚なの？　一日何時間くらいの行程で、山に登ったことあるの？　予備知識は？　と……。失礼だけど何歳？　と。皆さんそれぞれ、まだ仕事を持っている。私は55歳……最年長であった。そして、皆さんの体型を見ても、ほとんど体脂肪なし、余分な脂肪はついていない。ワァーすごいー。

私はと言うと、ブヨーン、ブヨ〜ンと小太りで、まるでブタッ子ちゃんみたい……。そういえば、この3人は、市民マラソン大会にも参加していた。

軽子さん本当に行きたいの？　と協力してくれた。最初に声をかけてくれたMさんは綿密に計画を立てて、２泊３日で苗場山から赤湯までの縦走を８月14日に新幹線、タクシーと乗り換えを詳細にし、休憩時間、トイレの確認、下見はしていないが２~３回は苗場山に行き、季節的にも楽しめるだろうと選んでくれた。

荷物は出来るだけ軽くしてネ!!　新潟は雨が多いのでスパッツは必ず持参すること、自分のことは、自分でするのヨ。

体調をきちんと整えておくこと。Mさんは山岳ガイドの資格はないが、今思えばすばらしいガイドだった。私が登山時ほめられたのはバンダナをはちまきにし、汗が顔に流れない工夫だった……ウフフフ……軽ちゃんもやるネ、自分をほめたりして。でも自分のアイデアではなく、男性のアルピニストから、教えてもらったものだった。話したら、そーでしょうネ。軽子さんのアイデアなんて思いもつかないものネ。一同が苦笑。いざ出発。

Mさんがリーダー、△△さん、そして私……。最後にもう一人のMさんチームで山行がスタート。

無理しないことネ。チームで歩くことになるけど、自分のポジションで一歩一歩、確実に前に進むこと。とにかくペースを乱さないように、と、普段フラダンスをしている温和な表情とは違う。リーダーとしての表情、緊張感……。

どんなに、プレッシャーだったことだろう。それぞれ3人の役割（私に対して）も、話し合っていた様子。

初日、曇りがちから小雨、そして晴れ、雨と午前中は不安定な天候だった。雨具をつけるほどではないので、スパッツをつけてくださいとリーダーのMさん。もう着用してきましたヨ……。Mさんはエッ？　と驚いた表情、登山するんだったらそのくらいは覚えておいてネ。

雨、雪、ダニとかの予防にもなるのヨ。常識ヨ。ときびしいまなざし。今後、山では何が起こるか分からないので、気をつけてネ!!　と。

花の名前：光ごけ。いや～初めてだ!!　洞窟のようなところにグリーンのコケの中から宝石のように、また夜空の星のようにキラキラ輝き、登山するということはこんなすばらしい光景も見ることが出来るんだ、苦しかった。腹ばいになり穴の近くまで顔を持っていく。アッ!!と息をのむ瞬間もあったが、けっして、楽な登山ではなかった。

そして小さな川がなぜか木道がはずれて、そこを飛び跳ねなければならなかった。荷物を背負い、みんながヒョイ、ヒョイ!!　と飛び越えていく。私はなかなか越えることが出来ず、先に渡ったリーダーは荷物を持ってくれた。身軽になり、みんながイチ、ニィ、サーン（1、2、3）のかけ声をかけてくれた。しばし時間がかかった。この橋、川を渡らなければ先には進めない。怖かった。

休憩は5分、荷物を背負ったままの休憩、そしてザックの上に腰かける。そしてまた水場、ガブガブ飲んじゃ駄目よ‼　といや～大変だ‼　当たり前のことだが、登りあり下りあり、木々が顔を突撃する。そんな試練の連続だった。

苗場山につくころにはヘトヘト、木道をひたすら歩いた。軽さん腰のばして～顔を上げて……ハイ……小雨で足元だけを見つめて歩いて……。「ほら～」そっちこっちに小さな池のようなワァ～すごい幻想的な光景……。苗場山でガイドブックで下調べをしてきたが、すご～い。来てよかった。

皆さんと歩調を合わせるため写真を撮ることが出来ず、心の写真におさめることにした。

どのくらい歩いただろう～。やっと山小屋へ。荷物を背中からおろし、来てしまいましたね。来ましたネとみんなが声をかけてくれた。ハイタッチをしてくれた。

登山靴を履いたまま、荷物を置き、小屋の外、青空の下、そこでビールを４人で乾杯……感激。涙が出てきた。そしてビールの咽ごし、かわいた咽、ゴクゴク……。咽を通り胃袋に行く冷たさ、いや～おいしい感激……。特別の美酒だった。あのおいしさは。今後味わえないだろう～。

解放感と登頂出来た喜び。いや～登れた。みんなのおかげで出来たんだとリーダーをはじめみんなに感謝した。あの光景を思い出すと、55歳の人生の達成感を味わった。

苗場山の標識にしっかり、手を当て、ありがとう～歩くことが出来ましたと心の中でひとしきり感謝。

夕刻になり早めの食事、メニューはさだかではないがカレーだったかナ。玉ねぎがゴロゴロと入っており、ニンニクの香り、私玉ねぎはだめなの～と言うと、リーダーは何でも食べないと体力がつかないワヨ。山の上には、病院がないんだから、バテたらしょうがないでしょ。お肉も嫌い!!　本当に困った人ネ!!　マァー食べられるものだけでもいいから、食べなさいヨ!!と。

しばし休憩し、池塘《ちとう》を見に行きましょう〜。木道を歩いて来ましょうヨと、疲れも取れ、足の痛さもそれほどではなかった。30分くらい散策した。天気がよかったら、とてもすばらしいところなのヨ……。ほら!! チングルマの花が咲いてたワネ。リンドウ〜かしらといろいろと花の名前を教えてくれた。自然っていいな〜。苦しい登り、下りでは、尻もちをついたり、登りではちょっとの段差で、足が上がらず、後ろの人にお尻を持ち上げていただいたり前の人はリュックを持ち上げてくれたりと、なんと初心者でもあるまじき行為だった。もっと訓練をしておけばよかったと思う昨今……。

2日目、赤湯の温泉まで……これもまたきつい登り、朝露で地面がぬれていた。新潟はヘビの多いところと聞いていた。地面が湿っている。地面の葉がゆれるとドキリとする……。そしてそのときが来た。リーダーの後を歩いていた。ヒュッ!! と足元をよぎった……しっぽだけが目に入った。ギァッ〜!! と大声を出し、リーダーにしがみついて、みんな驚いた。どうしたの？ ヘビ!! ヘビヨ!! と。

軽子さんの声でびっくりしたけど、私にしがみついてもヘビにはなんの効果もないの!! 離してちょうだい!! と、それもそうかもしれない。ビクビクしながら赤湯にたどりついた。2階建てのこざっぱりとした小屋だった。リーダーが懇意にしているところらしい。ご主人と何度も来たことがある場所らしく、おばちゃんにあいさつをして。手みやげを渡して私たちは歓迎された。

露天風呂に入ることになった。皆さんは喜んでいた。私は以前に彼女から、入浴するときにヘビがとぐろをまいてジーッとしていたと話を聞いていたので、なかなか入ることが出来なかった。脱衣所もなく、そのまま野べたに洋服を置く。

怖くて、ヘビを空想すると洋服も脱げなかった。頭の上に載せるわけにもいかず……。ほんの数分湯につかり、恐怖感でいっぱいだった。

山小屋のトイレは、網戸がなかった。当たり前のことだが窓は開けてある……。そこからヘビが侵入してきたらどうしよう——とまた連想し、おちおち用を足すことも出来なかった。

静かな夜は更けて、星空はきれいだった。夜遅くまでおばちゃんは話をしてくれたが、覚えていない。知り合いなら私も何か手みやげ、川越名物のいもせんべい、いもようかんを持ってくればよかったかナと思うほど、おもてなしをしていただいた。

こんな大変なところ、二度と来ることがないだろう……。せめて住所を聞いてくればよかったと思った。

何組かの泊まり客がいた。私たちに廊下でおやつに誘ってくれた。ありがとうございますと、ごちそうになった。何か一品くらいは差し入れした感じがした。他のお客さんが通りかかり、「おやつ、いかがですか」とお誘いをすると、リーダーはジロリ!! 私と目線が合った。あとで「他の人に誘われたからと、また誘うなんて。私たちのおやつではなく、他の人のでしょ!! 山では食べ物が貴重なのヨ。むやみに誘ってはだめヨ」と注意されたりして……。

2日目の帰り、また雨に遭った。すこし歩いてから晴れて、疲労感。ふとふりかえると、ニッカズボンに手拭いで頭をはちまきにして、黒のTシャツで背中に荷物を背負った人が歩いていた。他の人に話すと、誰もそんな人見てないワヨ。軽子さん変ヨ!! と。あなただけ見えたのヨ、疲れすぎて幻視だったのヨきっと。大丈夫。もうすこしだからと広大な広場に着いた。

リーダーは、ザックから角切り約2センチ位の厚さのねりようかんをおやつにくれた。それの甘かったこと~たった2センチくらいのようかん、こんなにおいしいとは。軽子さん、下山するとき、おやつは大切よ。何があるか分からないので全部食べ切らずに残しておくことヨー。ついでだから言っておくけど、お弁当も全部食べるのではなくすこし残しておくのが原則なのヨ。分かっていた？ と。

赤湯のおばちゃんはおにぎりを2個ずつにぎってくれた……。私は人の作った物はちょっと苦手だが、またそれを知られると今度は一緒に来てもらえなくなると思い、目をつぶり一口食べてはゴクリ、一口食べてはゴクリと1個を食べ、1個は最後新幹線に乗るまでとっておいた。

いや~山に登るということはこんなに大変なことか。もう山には登りたくない!! 絶対に山登りはいやだ!! と思っていたが、あの感動と達成感。自分だけが経験するワクワク感に魅せられて70歳～73歳くらいまで低山を仲間、そしてツアーリーダーと共に歩いた。ウグイスの声、カワセミの声、夏になると思い出す。そしてあのビールの味（大自然での）。コップを手にしたとき、琥珀色のなんとも言えないあの手の感覚、缶ビールでもそうだ。最後の一滴まで。顎《あご》をしゃくり上げ、飲んだあの感覚～。山では、歩荷（ボッカ）さんが汗水たらして運んで来ることに感謝して一滴も無駄にせず……。でも玉ねぎ、ラッキョウ、残してしまったこと、ごめんなさい。

感想文になってしまいましたが、登山の醍醐味を書いてみました。皆さんならどうですか。

⚜登山トレッキング、海外へ

エッ？　外国の山に行くって何のこと、変なこと言うわネ……。そして何よ、今どき、外国に行く!!　なんて古い古い……海外でしょ!!……海外と言うのヨ。ところで軽ちゃん大丈夫？　海外で方向音痴でしょ？　迷子になったらどうするの。英語話せるの？　ジェスチャーが出来るの？　悪いことは言わないから、今から断りなさいヨ。それにお金の計算出来るの？　日本にいても計算出来ないんでしょ？　消費税。

買い物にも、あれ、おつりいくら？　と計算出来ないからとカードを使っているんでしょ？　私知っているんだから。1人で行動出来ない人が海外の山に登るなんて、信じられな～い。

夢みたいなこと言わないで……本当に夢みる夢子ちゃんネ。アハッハッハァー、歯の治療中で下あごの1本が抜けてて、なんとも変な空気の抜けた話し方。

何がおかしいのヨ……私は友達だから言っているのヨ。軽ちゃんのことが心配なのヨ。真剣に聞いてるの。もォー、だって前歯1本抜けてるんでしょ、空気がもれて、フガフガ……としか聞き取れないのヨ。

アラ!?　差し歯入れてくるの忘れたと口に手を当てたりしたが、すでに遅かった。2人でまた大笑いをした。私にとっては、いいチャンスだった。スイス、マッターホルンか？　アルプスの少女ハイジの夢が妄想。頭がいっぱい、空想しまくった。

止められれば止められるほど、行きたくなる……。悩んだが、それほど悩むことなく……絶対、行きたい!!　行くんだと決心し決断した!!

やっぱり行くことにしたと報告すると、軽ちゃんってバカネ。もう～いや、どうなったって知らないからネ……。何があっても連絡しないでヨ。食事はどうするの？　肉が嫌いだ!!　牛乳が飲めない。ストレスがたまるとすぐ下痢しちゃったりしてサ。どうすんのかしら。

血圧も高く、薬飲んでいるでしょ？　めまいがすると言っては友達との食事会（洋食）をキャンセルしたりして……。飛行機に乗ると酔ってしまったとか吐き気する、頭が痛いとか言ってたでしょ？

私は知らないからネ。本当に自分のことを知っていないのネ。もう｜知らないと怒ってプリプリしてた。分かるような、否定肯定もせず、聞くことにしたが、そんなこんなの会話があって……。

どうして海外旅行を知ったのか？　と忘れもしない12月31日。どこの店も年末年始の休みに入っていた。

　1月1日に東京都内ハイキング。前日にハイキングの準備してたらトレッキングシューズ（ハイキング用）が劣化（靴底）してたのに気づき、どうしようかと焦り、ハイキングにも行きたい。H市の大きなショッピングセンターを思い出し、たまたま行ったスポーツ専門店、一期一会だった。店内には、海外ツアーのビデオが流れていた。

　そして、出入り口にはスイス7泊9日トレッキング募集中のパンフレットが目に入った。エッ？　と目を疑った。

　カタカナで分からない地名、「1日目4時間～6時間」にくぎ付けになった。1人でも大丈夫ですかとたずねた。ああ～大丈夫ですヨ。1人参加でも、1人にはしませんから、よかったら検討してみてくださいとパンフレットとお店のオーナーの名刺をくれた。半信半疑で、本当に私は行けるのかナァー。帰りぎわ、オーナー（社長）がちょっとちょっと……今まで高い山に登ったことありますか?……と聞いた。ハイ、富士山に○○トレックス（山の会）で1泊2日一合目より登山してます。なら大丈夫ですヨ、トレッキングですから――どうぞ参加してくださいネ、待ってますヨと……。

　私の気持ちはもうーマックス。スイス、スイス、スイス……。でもスイスってどこにあるんだろう。首都は、首都どこだろう～そうかヨーロッパ……くらいの知識だが、もう～頭がいっぱいだった。1人でニヤニヤしながらパンフレットに目を通して、どんなところかも分からず……。

そうか牛が鈴をつけて、野放しにされ、水がきれいでマッターホルンがながめられて、羊が野放しにされ、そうかチョコレートが有名か……。チーズもおいしいと言っていたナと夜は、眠れなかった。次の日の都内のハイキングもルンルンで、スキップしたい感じで、ニヤニヤしながらハイキングしてきた。行った気分でアドレナリンが出っぱなしだった。

そして予約決定。説明あり、ビデオ見せられ注意点、荷物、お金の持ち出し、添乗員さんの紹介。歩き方、休憩の仕方、チップの心配はいりません。有名な登山電車にも乗りますと。ワクワクするような説明だった。スイスに行った気分だった。

現地でペットボトル購入するか、お湯を沸かしてペットボトルに詰めてください。ホテルなどで、切手、手紙、小包を出すときの注意、おつりはチップとまちがえられます!!ツアーは、お昼は出ません。各自で準備することになりますなどなど、具体的。9日間と長い旅ですが、荷物は軽くしてくださいネ。

そして仲間を大切にして、トラブルを起こさないこと、ケガをしないこと、ケガをすると治療費が高いです。言葉も通じないので大変ですヨ。日本みたいに、健康保険はありませんからネ。それから各空港ではスーツケース、鍵をかけること!! 例ではナイフで傷つけられ中身をとられたケースもあります。日本ではトイレに行くとき、化粧するとき荷物から離れても大丈夫ですが海外ではそうではありません。

また、ネックレス（金や高価）や、指輪はつけない方が良いと思います。へェーなるほど～。それが治安の良し悪しと言うのかァー。

パスポートが一番大切です。盗まれたり、紛失したりしたらまず100%手元に戻ってこない。悪用されると思って大切に保管してくださいネ‼

ホテルでは、各部屋に金庫があります。安全なようでけっして安全ではありませんヨ。考えてみてください。鍵を開けて掃除しますヨネ。金庫も同じ、すぐ開けられてしまいます。必ずフロントに預けるようにしましょう～。

トレッキング中、動物や植物の実、さわったり物をあげたりしないでくださいネ。また持ち帰る人もいますが、絶対に税関で見つかり、恥ずかしい思いをしますので、しないでください。

それからハイキング中、水が流れていますが絶対に飲んだりしないでくださいネ。雪どけで、スイスの水は美味ですが、一番危険です。なぜなら動物たちの糞尿がごまんと、まざっています。寄生虫もいます。感染症の原因にもなります。

絶対にきれいだからと、手ですくい上げて飲んではいけませんヨ。そうか……では、日本も同じかァ――山仲間に教えてあげよう――まだまだ注意することがたくさんあった。

履き慣れた靴を履いてくださいネと言っていた。必ず予備に靴ひもを持参することも忘れないでくださいと言っていた。そうか――。

1月に決意し6月にスイス旅行だ!! やったー。早く6月にならないかナァー。リタイア後、2回目の海外旅行。今度は観光地めぐりでなく、7つの山をトレッキングである。体力、知力、筋力をつけようーと仲間と低山を歩いたり、気が向けば5時間くらいの散歩で脚力をつけることにした。自分が一回りも二回りも大きく成長した感じで、自分が誇らしげに見え、自信もっいてきた。軽そう状態に近い感情の高ぶり。

友人に伝えた。やっぱり私行くことにしたの。すばらしいところのようヨ。空は高く空気はうまそうで――と一方的にしゃべりまくった。

軽ちゃん本当に1人で参加するの？ いやだ!! 人見知りで口べたで人とまじわること出来ないでしょ。自分からほかの人に話しかけたことある？……早とちりして何度も失敗してるでしょ。自分の信念を曲げないのもいいけどネ!! と口調はきつく、電話の向こうで、プリプリ怒っている表情が目にうかんだ……。

いいけどサ…好きなようにしたら!! 誰もあんたの思うように面倒なんか見てくれないと思うからと電話は切れた……。なるようになるだろうーなんとかなるヨ。とにかく新鮮な気持ちだった。

歩くこと!! 体力をつけること!! 病気をしないこと、当たり前の基本的なことしか頭になかった。どうすれば6～7時間も歩き通すか、西洋では肉が主体な食事をどのようにするかなんて、全く頭になかった。

友人宅に泊まるときもシーツ、枕カバー持参で神経質な人が、本当に大丈夫なのかしら。見ものだワ……と捨てぜりふ……。

いよいよ出発の手続き、パスポートの有無。期限切れがないか、住所、連絡場所など具体的になってきた。一度、ツアー会社、海外トレッキングツアー、○○山の会、店で数人の顔合わせがあった。

そして当日、小雨が降っていた。カサをささなくても大丈夫なくらい……。参加者ご夫婦をはじめ約20名前後、山の会のメンバーが多かった。H駅バス出発で、T駅で私、オーナーはバスから降り、荷物を持ってくれた。「何、この重さ、全財産持って来たの?」とみんな爆笑、緊張がとれた。

S駅でご夫婦が、軽子さんはTさんと一緒の部屋になりますとバスの中で紹介され、となりの席に座った。よろしくお願いしますと初対面だった。

凛《りん》として美人で、何か私のデレデレした感じと違うオーラを感じた。一同成田へ。みんなの後を付いていった。荷物の重量測定、パスポートの確認。そこでまた私は行動が遅く……どうしたの?……と。パスポートは大切、「必ず身につけておいてくださいネ」を守って下着のT

シャツの前側に、大きな洗濯ネットを縫い付け、ファスナーを開けるのに手間取った。……と身体検査……ビィービィービィーアラームが何度検査しても鳴る。2～3回くりかえし、変ですね。何か持ってますか、ボディチェック。コルセットの金具と判明。やれやれ、やっと搭乗手続きがすみ、機内へ。

席が決まった。オーナーのわきの2人かけ通路側。機内放送が終わってラジオを聴こうか、テレビを見ようか、ミュージックを聴こうかとボタンを押しまくった。スチュワーデスさんがやって来た。テレビ見たいんですとジェスチャーすると私は理解出来なかったが、スイッチを教えてくれた。またスイッチを押した。またスチュワーデスさんが来た。アイコンタクトのジェスチャーを含めニコッと笑って、私もニコッと笑って、答えて会話がわからないが、わかったふりして、うなずき、ボタンを押しつづけた。私はスイッチを押しただけで呼んでいませんヨ……と、3回もくりかえした。

変な顔、困惑した表情で私と視線が合い、なんて分からない日本人だろうと思ったことでしょう——なんと救急ボタンだと気づいた。

機内では赤ワイン、白ワイン、ビールとか出てきておいしかった。リラックス出来るがエコノミークラス症候群を予防するため、体を丸くして前座席側に両足をのばして、前席の人ににらまれたりと……。

ホテルでは、部屋をまちがえ、外国人さんの部屋に入ったり、エレベーターでは左右乗って行き先が分からなくなったりとハプニング、トラブルが……。いやーなんとも珍ハイキング（海外旅行）。もっと書きたいが次にしよう。皆さんの想像におまかせしよう——。

オーナーには苦笑された。天然だからしょうがないかとまた2回も海外トレッキングに参加させてくれた。

ところで今は1ドル148円台だが、友人はお金の勘定分からない人だからと！

ユーロとドルを迷わないようにと書いてくれた。

1ドル＝106円　ありがとう～

10ドル＝1060円　おみやげはチーズでしたっけ？

100ドル＝1万0060円

余談だが、皆さん高山に行くときには注意してくださいね。空気が薄く、袋につめているものがパンパンになりますヨ。スイスで昼食、山の上で――マヨネーズが破裂してベタベタに。パンは袋が破けてジャムとか飛び出てたりして――。

そうそうもう一つ――スーパーで昼食を購入。トングでパンをはさんだらポロリとおぼんから、地面にコロリ。落ちてしまいました。拾って会計するか店員さんを呼ぼうかと迷っていましたが、仲間が来てどうしたんだ!! と床に落としたので戻せないのでどうしようかと迷っていたと話したら、そんなの簡単じゃないか、戻せばいいんだヨ!! とヒイッ!! と元に戻した。誰も分からないから大丈夫だヨ。サァー行こう行こうーと。トホホホ……、ごめんなさい!!

ジムでのレッスン、筋膜リリース

皆さーん、肩が凝ったり、最近膝が痛い、腰が痛いなどで困っていませんか？

今日は、筋膜をはがす、筋膜リリースを行います。

先生……筋膜って何ですか？

筋肉は筋肉でしょ？

では説明しますヨ。よ～く聞いてくださいね。

鶏肉、思い出してください。

下処理するとき、白い筋《すじ》、肉から、はがしませんか。いわゆるあの膜、人間は除去することが出来ませんネ……あの膜をほぐすのです。

先生……それって、どこにあるんですか？

人間は至るところ、筋肉、皮膚、神経、血管でおおわれております。筋膜はそこにあり、硬くなるのをやわらかくします。

そこで筋膜は人間にとってとても大事です。骨を守ったり内臓を保護したりと、いろんな役割をはたしているんです。

説明は、このくらいにして、さっそく、実際にやってみましょう～。

サァ～、ポールを横にして、両足（下肢）をのっけてください。ふくらはぎを、コロコロとポールをゆっくり、力を入れずにコロコロコロと回してください。

次は胸膜に移ります。

ポールを抱くようにして、腹ばいになってください。コロコロ……。

そしてあっち、こっちから、いててて～、痛いヨオ～、オオ～と声が聞こえてきた。もちろん私も痛かった。直接、皮膚、筋肉、骨、と異物が当たるわけだから、耐えられない。

私は、呼吸困難、胸痛あり、気胸？　と、病院へ。

そして左側、尿管結石（再発？）とまた病院へ、尿検査、エコー検査、異常なし……数日で両サイドの痛み軽減。

先生には言えない。筋肉痛でした!!　トホホホ……。

エアロビクス

ジムで若者たちと同じような格好の良いおばあさん（おばちゃん）でいたいだけカナ。

今日、エアロビクス出る？　うん……やる、やる。

やるの？　やるワヨ、だって先生好きだから……リズムもいいしネ。先生のキレキレのあのリズムが好きなのヨ。だから……あなたには、無理かナと思ったのヨ。

マァー失礼ネ、私だってあのくらい動けるワヨ。マンボの仕草を彼女は言った。シャンテボックスの右向いてターンするところあるでしょ、いつも向かい合わせになり、見合いばかりしてるじゃない……左側向いてサ。

レッグカールなんか、ヨロヨロしてさ、片足でバランスとれないでしょ？　後ろに下がるのに、１人だけ前に出たりしてサ……見ていられないワ。衝突しそうになったでしょ‼

だって、私よりもっと年の人だって踊っているじゃない……だから私だって出来るワヨ……まちがっても先生は注意しないしネ。

それはそうヨ!!　注意しても直そうとしないあなたの態度、もう～注意しても無理と無視しているのヨ。私のそばに来ないでネ……エアロのときには、友達でないからネ。話しかけないでヨ。フゥーフゥーハァーハァーと息切れをしてサ、歯みがいた？　息がくさいのヨ……もう～いやだ。アッ!!　今日はニンニクの臭いネ!!　ウッ!!

なによ、あんた（友達）も、体のやわらかさ欠けてるワヨ……あんたに言われたくないネ……（若さを保っていると思っている？）

喜寿と認めない。50歳60歳代の頭では理解出来ない。体が反応する老化しているおばちゃん……そこにまだ若いと思っている……おばあさんになれない1人がいた。……そして鏡を見るのがいや、口角下がり、しわくちゃ!!　もういやー現実を受けとめるまでちょっと待ってて……実年齢？

あら？……ん？……どうしたの？……今、オナラしたでしょ？……ん～ん……してないヨ。

そぉ～、じゃ誰がした？

ん～ん、してないヨ、私も。実は私でした……肛門のしまりなく、ところ構わずプー、プーと出てしまうのヨ。

おしっこも近くなり、くしゃみしたり大笑いするとチョビもれ。いやネェ～、オナラって、がまんしてても出てしまうのヨネ……いやだワ。友人曰く、緊張感を持ちなさいヨ。人前でオナラしても知らん顔するなんて、最低‼　……落ち込む私。これも老化かナ？

……こんな昨今、友人はすぐ話題を変えて知らん顔。友人だから言ってくれるのかな？　傷つく言葉だが、現実なのと、今にあなたも私の年齢になれば分かるワヨと負け惜しみに言った。

私は、ならないワヨ、絶対にネ‼

ああ～フラストレーションがつのる……でも友達が欲しい、失いたくないー。でも共鳴することもある共感かナ？　みたいな出来事。
ある時、いつも上から物を言うが、ネェ～ネェ～聞いて、靴下、色の違うのを履きまちがえたのヨ。靴履くときに気づいたの…いやネェー。でも見えないから、そのまま来ちゃった‼　あなたから感染したのネ‼　きっと‼
マァ～なんて言葉……絶句する私。

今朝寒かったでしょ？　手袋さがしたんだけど片方が見つからないのヨ。左右違ってるけどファッションだと思って、別々のをしてきちゃったと。
　整理してないからでしょ？　きちんとしてたら、そんなこと起きないでしょ……。
　たまたまヨ!!　と、いつも強気？　認めたくない気持ち、分かるけどそろそろ（あなたも）仲間入りネ（ボケ？）ウフフ……私だって感情があるんだから、ボンボン言わないでヨネ。ちょっとは気づかいする言葉で言ってヨ？

ズンバ命

スポーツジムでの出来事。70代の初めのころ。

「ズンバ」にすっかりとりこになり夢中。魅せられ、週2回がとても楽しみ。

私ってこんな年齢でも動けるんだ!!

ステップも出来た。リズムもとれた。体が反応したのか、動けた。エッ!!　私ってこんなに動けたんだ。

マイケルジャクソンのような足運び。

EXILEの三代目J SOUL BROTHERSのような「キレ」のある動き。

とにかく体が動いた。顔も体も汗でびっしょり、細い目にも汗が入り、しみた。

楽しいィ〜。ときどき音楽に合わせて声を出したり、テンションマックス!!　気分高揚。

ズンバのある日が待ち遠しい。

またズンバの先生のプロポーション、背が高くて、足が長い。

ステキ!!　まるで宝塚歌劇団のスターみたいな先生。

ズンバは楽しい。

見知らぬ人と踊りを通して向かい合い、アイコンタクト、ハイタッチと自然に笑顔となる。

アドレナリン全開。セロトニンも増加、楽しいネェ〜。

多少リズムがくるっても、またはげしいリズム……。

コロナウイルスで休会。

そして、最近また踊り出した。ウキウキしていた。

エッ？　リズム、こんなに速いテンポだったかしら〜。

体がバキバキ（筋トレしたりストレッチしてきたのに）リズムにうまく乗っていけない。

ステップも足関節が思うように動いてくれない。

まるで靴と床がガムテープで固定されてるようで気持ちだけが焦っている。こんなはずじゃなかったのに〜と。4〜5年休会してたから……。

衰えたのかナァ〜、ショック〜（老いるショック）。あの感動と躍動感を味わいたくて、先生に話しかけた。大丈夫ですヨ。楽しく踊ることが大事ですからネ!!　とニコッと笑い、ハイタッチをしてくれた。

イラスト　ちづ

楽しいでしょ‼　すぐにリズム取り戻すこと出来るワヨ。次回も待ってますヨと。

すこし、勇気が出てきた。また次週挑戦しよう～と。足がもたつきワンテンポ遅れたりした。

不安定なステップ……転倒しないようにしよう～と。

楽しかった‼　心は若いが、体がそれなりだった。

そういえば……私が一番上の年齢かもしれない。

ときどき、先生と視線が合った。きっと転倒しないように合図してたのかもしれない。

息も上がってハアハア～。汗と冷や汗がポタポタ～。運動神経がそれほど良い方ではないが
……。


こんなに体のしなやかさがなくなり、ちょっとショックを受けた。

ズンバは楽しい、リズムが好きだ。もうちょっと挑戦し、一体感も楽しんでいこう～。

気持ちだけが若い私でした。

皆さんなら……高貴好麗者……楽しみましょうネ。

第三章　青春時代～看護師として

看護婦試験

准看護婦の免許を取り、診療所で働くこと数年。学費は診療所が出してくれた。お礼奉公として6年間は診療所で働くことになってる。医療の仕事にも携われ、また患者さんとも接することが出来る。准看護婦の免許。

医師の元で働いていても責任は大きい。注射は筋注（筋肉注射）、皮下注射、包帯交換、初診者のカルテ作成、掃除、配膳、往診の付き添いなどなど……。

准看学校時代実習T病院の看護婦は言った、公立（?）の病院だから雑用もない。勉強も出来るという言葉を数年経って思い出した。

これで良いのかナァー。診療所の先生、奥さんは「結婚は大事ヨ。何も仕事だけではないのヨ」と結婚を優先。私はやっぱり日々の勤務の中で、もっと勉強したい。興味そして関心……いやここで感心ばかりしていては自分の進歩がない。冬の寒い日、休暇をいただき、1泊2日で公立の高等看護学校の試験を受けた。

問題は覚えていないが、答案にサラサラサラ……と鉛筆の音だけが耳に残っている。ウワ～どうしよう、○×式やら公式、１００字文以内でまとめヨ‼　などなど。試験に慣れていない私は、そこでもう駄目だ。問題の意味も分からず、頭の中は空っぽになった。論文みたいな長文もあったのを覚えている。何をどう書いたか覚えてない。新卒の人が多い。私のように准看護婦はめずらしいようだ。診療所で働く私は、所作は知っていても知的な問題はうとかった。

結果発表……合否の通知は田舎の住所にした。やっぱり不合格だった。分かっていてもあきらめきれずにちょっと落ち込んだりした。１人で考え込むこともあった。同僚は心配してくれた。

そして1年後、再度挑戦してみようと苦手な数学、国語、英語、理科（？）をひそかに勉強。たまたまT大学の学生さんに出会い、喫茶店で数学、英語などを教えてもらう機会に恵まれた。先生にも高看の試験を受けたいと告白した。先生は、驚いていた？　准看で大丈夫ではないの？　と同僚も「エッ、軽ちゃん本気なの？　よく（先生に）言えたわネ～」と。

そのときに診療所の人員は、私1人欠けても大丈夫の様子。先生も合格は無理だろうと思っていたに違いない。身元調査というか、先生からのお許しがないと受験は出来ない。働いていたという証明書、免許証だけではだめらしい。

大学生は、「英語と数学が出来れば、どうにかなるヨ‼」と論文の書き方、数学は幾何学とか方程式を教えてくれた。そして英語は「軽子さんが分からないのはみんなも分からないので、どうにかなるヨ。受験のとき、答案用紙が来たら、まず深呼吸すること、まわりに気をとられないように!! 焦らないこと!! 自分の分からないのは他の人も分からないので気にしない!! まず自分の分かっている問題からやること。早く終わっても席を立たないこと!!」……と。

2回目で公立の高看合格となった。私にも出来た。これからがスタートと喜びもひとしおだった。やったァ~。大学生が言った。本気になれば出来るんだね、何ごとも本気が大切だね!! ボクの出来るのはこれまでと、おめでとう。すてきな看護婦さんになってね!! と。1年後、大学卒業と共に去っていった。私は思った。その大学生にお礼が出来なくとも、正看になったらその分、患者さんに信頼され、頼られる看護婦になろうーっと。

診療所退職

6年も働いた診療所退職の日が近づいてきた。みんな寿退職をしている。そして、先生から「退職金を出す余裕がないので何か好きな物があったら、何でも言ってくれ!!」と言われた。そのとき、初めて退職金って出るんだと思った。なんて無知なんだろう。世間知らずだナァーと今思う。奥さんは言った。軽ちゃん指輪なんかどう、宝石とかは買えないけど……とアドバイスをくれた。

S市の有名なジュエリーショップにつれていってくれた。初めてだった。キラキラ輝いていた。どんなのが欲しいのか全く分からず、キョロキョロと、店内をながめてた。軽ちゃんこんなのどう？　とスタールビーを選んでくれた。結婚祝いじゃないけどネと左の薬指にはめて……似合うじゃないの…ほほえみながら、退職祝いとして購入していただいた。今でも大切にしている。そして高看の学校へ。

◆授業料が払えなかった看護学校時代

25歳で学生になった!! 学割がきき、とてもルンルン……。でも……。学費は底をついてきた。父は「何度も来ても駄目なものは駄目!! お前は高校まで行ったんだ。出世払い、とんでもない!! 自分で出来るなら学校でも、どこにでも行けばよい」と。今さら泣きごと言っても無駄だ!! お金支払われなければ、やめればいいじゃないかと追い払われた。授業料５５００円（?）先月分未納、今月もあぶない。バイトしてもどうにも足りない。

洋服屋でのバイト1時間40円～50円。17時から21時まで。休憩のラーメン食べるのが楽しみだった。

そしてパチンコ屋でのバイト、17時～22時まで。寮の門限は21時……。門限に間に合わず怒られることたびたび。授業料未納……事務長から支払われないならいつでも学校をやめてくださいと、宣告……。

バイト料の高い有線放送1時間１００円で夜中12時まで働いた。門限あり、帰るところなく、屋根裏で寝泊まりし朝帰り……。今考えたら、なんて怖い行動だったんだろーとゾーッとする。そんなことを知ってか知らずか。母が日曜日にふらっと来て、大きなおにぎり（のり）を持ってきた。ちょっと顔っこ見たくてナ……。元気でなによりだ。大変だべ!!　とお金1万円たたみの上に置いた。咽から手が出るほど欲しかったが、そんなものいらない!!　とお金をわしづかみにしてバアン!!　と畳に投げつけた。

母は、マァーなんてこと、いらないなら持っていくヨと畳から拾い上げた。そして、そしらぬ顔をしてお茶をすすりながら、そんなら帰っぺと、お前布団干しているのか？　と押し入れを開けてながめていたように思う。

夜、布団を敷こうとしたときにポロリとお金が布団の間から、出てきた!!　とてもうれしかった。母は私の空気を読み、素直になればいいのにナァーと思ったに違いない。

それでも、すねることとしばし……。あるときは元気にしてるか？　とまた授業料を1万円届けてくれた。そんなお金いらないヨ!!　とまたすねた。寒い海でとれたピカピカの1等級のりに麦ごはんでおにぎりを作ってきてくれた。

麦ばかりなので食べると口からポロポロとこぼれおちる。いらないなら無理にもらってもらわなくてもいいヨと言ってサッサと自分のふところに入れて、サァー帰っぺナ……とバスの時刻を見ながら、あぁー母は、お金持っていくんだ……と。しょげて後悔をして……。

夜勉強のため筆箱を開けたら、お金が入っていた。とてもうれしかった。涙がぽろぽろ出た。晩秋で物悲しい時期とあいまって涙が止まらなかった。60歳になっても年金3～4千円程度（母の）だったかナ、手紙をもらうたびに1000円ずつ、あるときは5000円が手紙に入っていた。親孝行らしきことも出来ず看病も出来ずごめんなさい。

今日《こんにち》あるのは両親のおかげと思いつつ、看護師でありながら老人になり、何ひとつ看病が出来なかったこと……。最後に母はお前にずっ～といてもらいたいナァー。今度いつ来る？　と弱々しい節だらけの手をのばして手を握り、ジィーッと顔を見つめられた。2～3日後と約束したが、2日前に旅立ってしまった。主治医に2日後に娘が来ると言っていたらしく危篤状態になり、96歳の母に電気ショック、そして挿管をして待っていてくれたらしいが、間に合わなかった。

先生、ありがとうございます。心筋梗塞でいつどうなってもいい老人に力をつくしていただき、感謝の気持ちでいっぱいです。

そんな学生時代から、母の気くばり、空気の読み方や、感情の持ち方などを教わった気がする。机の上では学べない何かをたくさんもらった気がする。8人姉妹で、一番手がかかり一番かわいがってくれた父母に、兄、姉に支えられ応援していただき、今の私があることに感謝して。ありがとうーの言葉だけ。

※苦しい学生生活、国家試験合格。地方の新聞に載った記事。大切に、たんすの奥にしまっておいてくれた。ほんの小さな紙きれ。母もうれしかっただろうし私も合格と共に母を感じた。

正看護婦になって、やっと一人前になったと思った。ちょっと自信も出てきた。高卒～准看～正看。

幾多の病院を経て東京大学病院～合格は夢みたいだった。誰もが驚いて、私も驚いた。運命を感じた。論文も今度は1人で書けた。

火の気のないこたつに老夫婦（父母）、何をするともなく外をながめ、お茶（白湯に近い）をすすりながら、郵便で～す‼　と郵便屋さん、ごくろうさん……お茶っこで飲んで行きませんかと声をかけたりして……。

誰から来た？……あっ軽っ子か…何て書いてある？　とエッ？……何だと……！　東大？あの帝国大学のあのえらい病院？　まさか、そんなことないべ。おらの娘だもの……。

ジィさん本当だ。ほら、白衣着て写ってんべ。

なんてまた、そんな病院へ……。泣き虫で弱虫で……頭が悪くて……何かのまちがいだべ‼

と、東大の茶封筒を入れて、駄菓子か何かを送った（公共のものを私物化）。ごめんなさい。分かってもらうためには、その方法しか。証しが欲しかった。そして何年目かに勤続何年で表彰（誰でも長く勤めれば表彰される）された。写真を送った。
ナァーバアーさんや東大か!!　あとで母は、笑いながら話していた。今は普通の人になりました。

✦診療所時代①　診療所の一日　准看護婦になって

今日も外来の患者さん多いナァー。

待合席はいっぱいだ。座れなくて立って待っている患者さん、顔見知りの人がたくさん来ているが。

私は全く患者さんの名前を覚えられない。診察券なんかない時代だった。受け付けから診療の介助。

あッあの患者さん何という名前だったかナ。スタッフに声かけするも忙しくて見向きもしてくれない。

ああ困ったナァー。

サトウさんでしたかしらー伊藤だヨ。あっごめんなさい。そしてカルテをさがす。伊藤はたくさんのカルテの中から伊藤何さんだったかナァー、患者さんはもう先生の前に座っている。

どうして名前が覚えられないのか、自分でもいやになる。なんで診察に来ているかは分かるが名前は思い出せない。

カルテまだなの？　と先生の眼が光る。先輩ナースに、あの人の名前、誰でしたかしら、素直に聞いた。サッサッサッと手さばきをして、カルテを出してくれた。いつものことだが冷や汗が出た。

何か良い方法はないかと悩み、あることがひらめいた。

仲間にはナイショで待合室に行き、患者さんに名前を聞いて手帳に書き、カルテを出すことにした。ひと安心したのもつかのま、次から次へと患者さんが来る。1日60～90人くらいが普通だった。やけどの患者さん、外傷の患者に胃の悪い患者さん、神経痛、風邪の人、新患の人、術後の処置の人、健康診断、耳鼻科、眼科と、どんな診療科でも、診察してしまう。看護婦は5人、診療の介助、注射、外傷の処置、カルテ出し、カルテ作成とネ。会計もやらなければならなかった。良い経験だった。

私の診療所だけでなく、他の医院でも同じ。そして注射器の消毒（煮沸消毒15～20分）、今みたいにデスポ（使い捨て）ではないので大変だった。注射針も、血液が残っていないように水を通してからの消毒。忙しさで消毒をしているのを忘れて、空だきをし、注射器をだめにしたことも多々あり、今だったら目覚まし時計のアラームがあるのに……どんなににらまれたか、ごめんなさい!!

午後から手術、特に虫垂炎、痔の手術が多かった。

カルテ作成……私は書けないが、妻の字が毒になってしまう。先生にどうして「妻」の字が書けないんだ、患者さんがカルテを見ているんだヨと。今も妻となれないのは、書けないためだったのかナ？　と。

そして、まだまだ仕事がある。往診。

今日の往診、誰が行くのかナと。午後5時、ちょっとひまになると往診。当番は私です!!と往診カバンに、注射器アンプルカット（今はすぐ折れるようになっているが、昔はやすりのようなものでこすってカットしていた）、注射液、アルコール綿、聴診器、駆血帯などなど……そして往診。

腰痛で歩けない人の痛み止めの静脈注射、なんと私はアンプルカットする器具を忘れてしまって、しまった!!　と気づいたときには遅かった。

先生は「エッ？　持って来なかったのか？」と、内臓は悪くないのに聴診器を当て（注射は出来ず）あとで薬出しますので、取りに来てくださいと家族に伝えて帰宅。無言だった。私は穴があったら入りたいくらいだった。ごめんなさい。

そしていつの日かは聴診器を忘れたりして、手で患者さんのお腹、背中を触診して、脈をとり、薬を出しますので、あまり心配しないようにと言って帰宅。

またショック……自分がいやになったりして……。

でも先生は聴診器は命なんだから、自分で管理すれば良いのにと思ったりして、自分が忘れていながら……。

忙しい日々、往診で良いこともあった。奥さんの運転（いつもだが）。喫茶店に入り、コーヒーとケーキ（?）を食べ、しばし先生も仕事から離れ、リフレッシュ。そんなときもあった。また3時の休憩は楽しみの一つだった。

患者さんからの差し入れの高級な菓子が食べられて、私にはサボル時間も出来た。娘さんの子供を乳母車に乗せて、散歩することだった。あまりに長くなり、先生ににらまれることもあったが……。

そんな、日々改善することがたくさんあった。他の看護婦2人は忘れ物しないのだろうが、私は絶対に、アンプルカットとアルコール綿（酒精綿）はいつでも準備しておくことにした。アルコール綿は蒸発してしまうので注意しなければならなかったが、ひと安心した。注意力がないのか洞察力なのか。何が必要なのか、理解すれば忘れ物がないのに。

そして、そして、仲間が増えた。３人から5人と。予防着（エプロン）だけの診察だった私は、ルックスから入るので、先生に白衣にしてくれないかと依頼した。他の看護婦も協力してくれた。ワンピース、靴下はは肌色……まぁーいいか。サンダルは赤や緑の、家庭で履くサンダル。ナースシューズではない。

白のワンピースは身がしまって、看護婦らしくなった。私は外見だけだが、そんなこんなで1日の診療は朝8時～夜9時まで。まとまった休日なし。いつでも急患があれば対応。3人しかいないので、しょうがないか。休日をもらっても休日の意味が分からず、部屋には急患ベル、病室のベルがついているので、休みの感覚は全くない。でも楽しい毎日だったが、患者さんの名前を覚えるのが大変だった。

そして他の病院へ就職。自己紹介のとき、「サルの脳を移植してほしい、サラブレッドの足の神経を直に移植してほしい」と話したら、爆笑され、またユニーク（言い方は良いが）な変なナースが来たナと思ったとか思わなかったとか……。

当時は、事務員のいない事務兼看護師の仕事で煩雑だった。

数年が経ち、入院患者さんにはリストバンド、点滴には名前、そして処置や注射などは看護師2人以上と複数での確認、指さし確認、患者さん本人から自分の名前、生年月日を言っていただき、看護師も復唱するようになり、私も心に余裕が出来た。

患者さん側にとっても安心感が出来たのではないかナァ～と思う昨今。私はと言うと、仲間の名前はいろいろと関連付けをして覚えるようにしている。意外と効果があるようだが、数年たったらどうかナ……と思ったりして。

ベランダにはハトが来て、何を書いているの？　とのぞいていた。

診療所時代②

夜8時ごろを過ぎると、ときどき電話がかかってくる。黒電話でダイヤルを回す。大切そうに電話にカバーをかけてある。診療所なので患者さんからの電話だとか同業者からの電話がひんぱんにかかってくる。当時の診療所の電話は一つだけ。先生の家庭用や従業員用が別にあるわけではなかった。若い私たちは今になってみると不便だった。

仕事が終わり、先生たちみんなと食事をとる。奥さんは、「Sさんは何でも食べる。軽ちゃんはお肉が嫌い、同じKさんもお肉が嫌い」と全部把握してメニューを考えてくれる。とてもうれしい。従業員に気づかいをしてくれる人だった。

仕事が終わって、最初は3人同じ部屋だった。自室に帰るときには、今日も一日ありがとうございました。おやすみなさい‼　と三つ指をそろえてあいさつをして仕事は終了。私の先輩は他の医院から転勤してきた。慣れないあいさつで、火鉢との距離のとり方が分からず何度も火鉢にひたいをぶっつけては、なんで、こんな礼儀作法しなければならないの？　と不満の様子。

奥さんは准看護婦（師）の仕事だけでなく、躾も大切（18歳で就職）、食事の前には感謝の気持ちと、ごちそうさまと合掌して、外出するときには、自分の時間でありながら「行ってきます、ただいま!!」と家族同然の扱いで、それとなく躾された。

玄関に訪問者があると、靴をきちんと履きやすいように向きを変えたりと、それとなく気づかされた。

年ごろになると彼氏も出来る。軽ちゃんデンワよと2階に声をかけてくれる。誰からだったの?……声で男か女か分かっているはずなのに……。私は顔を紅くして友達でした!!と。

「私たちは大切な親ごさんから預かっているから何かあったらお父さん、お母さんに言いわけが出来ないからネ!!」と奥さん。

そして仕事、私たちは准看護学校（医師会）に2年間無償で行かせてもらい、3年以上はその診療所でお礼奉公をしなくてはならない規則があった。

最初から診察室に出るわけではない。食事の作り方、飾り付け、盛り付けに始まり、診察室の掃除、午後は学校。学校が休みのときには外科、内科なので包帯の消毒、診察室の掃除、玄関の掃除。

冬になると玄関は、道が悪くドロだらけなので、ぞうきんでふいていると、ぞうきんが凍ったりした。車の掃除……火の気のない寒ざむとした倉庫で、今みたいにゴム手袋をはめてする事もなく、ぞうきんがかちかち……。車に傷つけないようにぬるま湯で車をふく。

掃除が終わってすぐに車で出かけられると、ドロだらけのタイヤ、掃除するのがとても大変で、一番いやな仕事の一つだった。そして私は先生家族の洗濯はしなかったけど、先輩は、洗濯が一番いやだったワ、洗って干してたたんで、ちゃんとしわものばすのヨ。

あるとき奥さんのズロース、先生のふんどし、下着まで出すのヨ……頭にきたからのりつけ、アイロンをかけ、ビシッとたたんで。それから先生のふんどし、奥さんのズロースは出さなくなったのヨーと話すその先輩が私は好きだった。相撲では大鵬が好きで大声で喜んだり、気持ちの表し方が私にないものを持っていた。

そんなこんなで色気がついてきて彼氏が出来て、彼は電話で「知り合いです」と名前は言わなかったらしい（先生は、名前も言わないなんて非常識だと言っていたと、あとで分かった）。軽ちゃん誰から？　変な人とは付き合わないようにネ、どんな人なの？……と。

お友達です……とうれしそうに奥さんに報告していた。まるで母親に言うように……。それなら大丈夫ネ!!　と――。

ボーイフレンド現る

Tさんは、結婚前提で付き合っているから心配はないんだけどネェー。私は電話のあと、数日後の日曜日かナ？　デートすることになって私なりに身づくろいをして、お気に入りの洋服を着用して出かけて来ますーとあいさつをして、デートへ……。

早く帰って来てネ‼　気をつけて‼　と声をかけてくれてウキウキしているのをおさえながら、最初は4～5時ごろまでに帰宅していた。

私が神経質だからかな？　手と口は一番細菌の繁殖するところ、いわゆるバイキンの巣ということで、デートするも手を握ることなく何度か過ぎた。でも逢うとワクワク、ウキウキし楽しかった。

何カ月過ぎ、どちらともなく手をつなぐ。自然な行動だった。ドキッ‼　としたがごつい彼の手。あぁーあの、タバコを持つ格好の良い手か……とレストランへ。手をふれたことで、早く手洗いをしなくては……と。彼を嫌いなわけではない。自然の成り行きだと思っていた。

そしてあるとき、彼にたずねた。検査はしてる？　と。当時、私の青春時代（20代）は、性病が流行していた。梅毒、淋病など。彼曰くオレは大丈夫だヨ、軽ちゃんとしか付き合っていないからーと。彼には申し訳なかったが、いつのまにか自然に離れていった。

働いていたところの奥様、大変に心配をおかけいたしました。大丈夫でしたヨ。好きになった相手に体はあげるものなんですヨ。みだらな行動とっては駄目ですヨと言われたことを思い出しました～。

そして「近年また性病が増加している」とテレビなどで報道されているのを機に思い出した。

看護師のここだけの話

①研修医の先生、病棟にて

先生!!　何度言ったら分かるんですか。自分の管理も出来ないで、患者さんに言えますか？ちゃんと元あった場所に戻してくださいね。机の上、整理してください。誰が片づけるんですか。

と師長に注意されていた、研修医の先生。今ごろどんな地位についているだろうか。白いワイシャツにビシッとネクタイをしめ、白衣を着用し聴診器を首からかけ、颯爽と病棟を歩いているだろうか。

それとも学生を前に教鞭をとっているだろうか、むずかしい顔で研究に没頭しているだろうか、大学病院を受診しぼんやりと順番を待ちながら考えていた一幸喜高齢者がいた。

②傾聴って大切？（診察室にて）

ネェーネェー聞いて!!

あなたの通院しているクリニックに行ってきたワヨ。外来のみの病院なのネ。

診察室がたくさん。専門の先生が診てくれるのネ。診察室が5～6部屋くらいあったかしら、きれいだったワ。受付には季節の花が生けてあり、受付嬢さんも負けずと活き活きしていたワ。

しばし待って順番。

どうされましたか？

腰が痛くて、膝が痛くて、階段上るのつらいんです。歩くのも遅くなってと。ときどき、眠りも浅くてと、いろいろと、整形（？）以外のことも次から次へと話したの。

どうしたと思う？

先生はカルテの表紙を見ながらう～ん……ハァ～、それで……フ～ン!!　とうなずいているの……それでいつごろから……う～んと無口になり、腕組みをしながら、そう～、では腰と膝のレントゲンを撮りましょう。痛み止めを出しておきます。痛いときに、飲んでくださいね。

湿布でかぶれることないですか。湿布薬も出しておきます。

先生、本当に私の話を聞いてくれたのかしら……。

う～ん、とかそう～お～、歩くのが遅くなったんですネ……眠りが浅い……ハァ～階段上るのつらいんですネ、と言うだけだったのヨ。

先生、本当に私の話を聞いていたのかしら～。

先生は私の話を聞きながら……、
今日は診察終わったら、あのスナックに久方ぶりに行こうかナ。

あの子は来てるかナ？　なんて考えていたのかしら……だって、あまり話さないのヨ。

こうしちゃだめだとか、膝をいたわりなさいとか、体重に気をつけなさいとか、全く何も言わないのヨ……と。

私は言った!!

いい先生に出会えたね。じっくり話を聞いてもらって……他のクリニックに行ってごらん。患者さんの顔も見ないでパソコンに向かってパチパチと打っているでしょ!!　それって、かえって不満でしょ。腕組みをしながらでもあなたの表情を見ながらうなずいてくれたんでしょ？

それって患者さんに耳を傾ける傾聴って言うのかナ。

へェ～そうなんだ。腰、膝以外のことを話したけど、だまって聞いていたワネ。ベッドに横たわり腰をトントンたたいたり、膝にさわったり、おじぎの格好をしたりと……。マア～診察という意味もあるけど、魔法の手当てかナ……ちょっとは安心したでしょ!!　そうかナァ～

……私は、ウフフフ……と苦笑した。

数日後、彼女は言った。なにかちょっと、湿布の効果か、膝の痛みやわらいだワと。先生は高齢者の心理を心得ていたようによく話を聞いて、痛みのあるところを手当てをして安心感を与えたのでしょうーと。彼女の話を聴いて思った。

次回は△△月△日なの。また診察に行ってくるネ‼　と明るい声だった。よかったネ。良い先生に出会えて。今度、一緒にスナックに行きませんかと誘ってみたら……ウフフフ。

彼女もりっぱな幸喜高齢者だった。

③看護師ここだけの話

病棟６人部屋。患者さんは、手術が終わればリハビリだけで、内科的には問題がない元気で働き盛り、それなりの人生の経験のある人たちだ。

あるとき、そんな患者さんたちの会話。

あの看護師、いばりくさってサ‼　消灯すぎているので早く寝てくださいと勝手に電気を消したり、テレビを消したりして頭に来るよナァー。光がもれないように、カーテンをぴっしり閉めて、音がもれないようにイヤホンをつけているのにサァー、21時消灯、そんなに早く寝れるかヨ。俺たちにとっては、夜はこれからだヨナ。仕事終わって、これから飲みに行く時間だヨ。

一日中、ベッドの中なんだヨ。リハビリはせいぜい2～3時間くらい。体も動かしていないのに21時に寝れるわけないヨナ。本読んでも自分で選んじゃいないので、くそおもしろくもない!!　談話室に行くと、面会の人がたくさんいるだろ!!　俺なんか妻が働いているから、面会もないしナァー。こんな松葉杖じゃまだ外出も出来ないし、と不満ストレスがたまって体をもてあましていた。

若い看護師が来るとからかったり、困らせたりしてうっぷんを発散。看護師が師長に言いつけて、師長が目をつり上げて「△△さん、看護師をあまりいじめないでくださいネ!!」と……看護師だろ!!　そんなナイーブな感じで傷ついてどうすんだろうネ。

そして、6人部屋の元気な男性が看護師を観察しはじめた。今日の夜勤は××さんだぞ、あーあの看護師、冗談が通じないんだヨナ。融通もきかないし、消灯後2時間ごとに巡視に来るから寝たふりをしようぜ……。

みんなが同感し、巡視の時間をみはからってテレビを消し、息を殺して、テレビ見ては起床時間6時には深夜番組を見てて、起床が遅れればまた若い看護師に文句を言われてたりしたと元気な患者さんが話してくれた。

入院生活、元気な人にとってはどんなにか苦痛な日々だろう。21時消灯はやっぱり早すぎるような気がした。同室者に迷惑かけない程度ならテレビもOKかナ……などと思うが……患者さんの気持ちを聞くことも大切かも。病気だけでなく、精神面も大切と思った。

そして私も……ウオッチングをしっかりされていた。

ある夜勤の日、おはようございます……とカーテンを個々に開けていくと、1人の患者さんが、看護師さん、いいもの見せてあげる!! と牛乳瓶いっぱいにヤモリをつめ込み、ほらー!! と顔の前に出され、おどかされた。古い病院で処置室の窓ガラスにペタリ!! と張りつき（21時から3時ごろまで）、電気をつけると今夜は夜勤なの？ と目と目が合ったりする。でも私は怖くて怖くて処置室には行けなかった。きっと同僚が言ったのでしょう。△△看護師は虫が一番怖いんだって!! と。それを聞いてか聞かずか、朝やもりにびっくりさせられて、夜勤の疲れがどっと出た……。

おどかすつもりはなかったんだ!! そんなに驚くとは思わなかったヨ!! 虫怖かったら言ってヨネ、ボクが、退治してあげるからネ!! と大部屋の人たちが一斉に大笑いをした。青ざめた私も顔がひきつったが、こんないたずらやめてくださいネ!! 細い目で、か細い声で言った。ごめん!! ごめん!!

患者さんストレス解消が出来たのかナ？……そんな病棟夜勤、エネルギーがありあまっている病棟の患者さんたちでした。

病室にて

今日は、あの看護師さんかァ～、不機嫌そうだナァ～。
廊下を歩いてくる。イライラしてる歩き方だネ……うんそうだネ。
ホラ、靴音（廊下）カッ!!　カッ!!　カッ!!　と音を立ててサ。
夫婦ゲンカしたのかナ？……結婚しているのかナ。
恋人とケンカ……強そうだから、ふられたのかナ。
いや？　師長に注意されたのかナ……う～ん、そうかも、態度が大きいからナァ～。
とにかく虫のいどころが悪いようだから、気をつけようー。
やっぱり……。
△△さん（患者さんの名前）、今日は、胃の検査でしょ。水分は21時過ぎたら飲んじゃいけないと、あれほど言ったでしょ!!　説明の紙にも書いてあるでしょ!!　なんで飲んだの？
どのくらい飲んだの？……もう何度も説明しても分からなかったの？

あなたのことを思って言っているのヨ（恩着せがましいナァ～と）。

口調が荒々しい……イライラした様子、表情が硬い。

どのくらい飲んだのヨオ、と問い詰める。患者さんは主人にしかられた子犬のように萎縮して、小声で、あの～歯みがき終えてうがいするときちょっぴり飲んでしまいました。しょうがないワネ!! それだけ？ あとは、飲んでいないでしょうネ。タク……もう～（全くもう～）。先生に聞いて来るワ。カッ!! カッ!! カッ!! と靴音を鳴らしながらナースステーションへ。大丈夫だって。今日検査出来るって!!

今度は気をつけてネ、と、また傷つけるようなきつい言葉。

同室者の患者さんたちは、
こまるヨナァー自分の不満かどうか分からないが感情をもろだもんナァー。

入院していると弱い立場だからしょうがないと思うが……。

看護師さん（私）、ちょっと話を聞いてヨと訴えてきた。看護師としての質を問われているようだった。

あのときの看護師、自分の発した言葉の重み、行動、当時の未熟さに気づき、後輩を指導しているかナァ～。

親族が入院し、面会で病室に入るたびに思い出される。いやな思い出だ。

でも親族は言った。ここの看護師さんは、みんないい人たちばかりだヨ。

何でも話を聞いてくれるヨと。

そうじゃないとネ、安心して入院生活を送れないかもネ。

親族は、良いところばかり、ウオッチングしているようだ。

マア～それも良いだろう……私が入院したら……あの患者さんいやネェ～食べ物の好き嫌いはげしくて、栄養が偏っているのヨネ!!　何度言ってもマイペースだから、様子みながら接していきましょうネ……と幸喜高齢者の頑固さを洞察している看護師が目にうかぶ。きっと気になる患者の1人かも……ネ……自分で自分を知りたくない昨今の私……。

看護師として技術以外に接遇も大切

患者さんと看護師の会話、リアルについて。

看護師に要求されるもの。

1、洞察力、話をよく聴く思いやりのある態度、冷静であること。
2、感情のコントロール。また協調性はどうかが問われる。
3、サービス。無限だが、よく気がつくか。親切な態度、誠意のある対応をしているか。

接遇が大切である。

謙虚な気持ちを持っているか。傲慢な態度、横柄な態度はとっていないか。患者さんの訴えに耳を傾け、傾聴する姿勢を示しているか。

前述のように、一方的に怒る、感情的で押しつける言語、相手のことを考えての言葉かけが必要だと思った。どんなにか傷ついたことでしょう――。

職業を脱した今でも、どんなときでも通用する質が問われる。自分が恥ずかしく思う昨今である。

⚜特急から各駅停車へ

60歳代の駅です。
お降りの方はお急ぎください。
途中下車は出来ません。　エッ？　私は……。
40代の駅へ戻りたかったのに……。　行きたかったナァー。
後戻りは出来ませんので、ご注意ください。
ご利用ありがとうございます。
これからは、各駅停車で行きます。
70代、乗り遅れのないようお気をつけください。出発します。
どちらまでですか？
80代の駅までお願いします。
ああー、健康公園ですね。

ストレッチ駅、ウォーキング駅、プール駅、コーラス駅とありますが、どちらでお降りでしょうか。

とりあえず、ウォーキング駅よりコーラス駅まで。

人生って多くの駅ありますね。

日本縦断ならぬ、人生の縦断ですね。

70歳駅より各駅止まりで行きます。お急ぎにならず、ゆっくり人生お楽しみください。

手を上げてくだされば、いつでもバスを止めて待っています。

1人でもいいでしょ、良い伴侶と一緒でも良いでしょう。

でも言っておきます。

期限があります。

1年1年、乗り過ぎのないようご注意ください。

次はもっと未来、未来の駅へ出発します。

混み合ってますので、けっしてお急ぎになりませんように。

幸福の駅ってありますか。

今、あなたが幸福なら、それが幸福の駅ですね。

またのご利用、お待ちしております。

次回の運転手は40代の人と交代です。
80代でも、その笑顔すてきでしたヨ。
活き活きしてましたヨ。
また、お会いしましょうね。
どこか知らない町で――。

第四章　父母の思い出

カラオケとダラオケ

ある田舎の小さな村での出来事。平屋を、建て増しで2階建てにした。数人の大工さんと棟梁。なぜか陽が早く沈む季節。何カ月かかかり、やっと2階が出来上がった。父は明治生まれ。大工さん、棟梁は昭和生まれ。「ジイちゃんどうですか？　見事な出来ばえでしょ!!　気に入りましたか？」と。そこは姉の家だったが、田舎はまだ男尊女卑、姉の意見などなかった。

やっと改築も終わり、慰労会も含め棟上げ式のお祝いのうたげが開かれた。スーパーもコンビニもない村……車もない。あるものは野菜（自家製）とときどき行商の人が魚を売りに来るのみ。

お赤飯と魚の煮付け、お煮しめ（大根、シイタケ、しみどうふ、コンブ、人参、ゴボウ、こんにゃくなど）、お刺し身などお祝いの膳を作り、お酒で父も姉も、大工さん、棟梁も満足し、ほろよい気分で雑談で盛り上がっていた。棟梁が「おじいちゃん、カラオケやりましょうか」と父に話しかけたところ、父は怒り、カラオケ（空桶）もダラオケもいらない、なぜ!!　今そんなのが必要なんだ‼　昔はナ……カラオケのことを、ダラオケと言ったんだ。汚物を溜めておく樋なんかいらない‼　いらない‼　今さらそんなもの、カラオケは外に置いてある……いつでも、くみとりは出来る。と怒り出し、不機嫌となった。

棟梁は「ジイさん、カラオケとは歌をうたうことなんですヨ。ジイさんの十八番《おはこ》を一緒に歌おうと思って言ったんですヨ」と。父の怒りはおさまらず、棟梁と口ゲンカになった様子。

姉が止めに入ったが、オンナはひっこんでいろ‼　と八つ当たりされ、棟梁は、ジイさん世間知らずだネ。今どきカラオケと空桶まちがうなんて……。話にならない‼

マァーマァーとまわりの人たちは、なだめた様子でビールをすすめたらしい。父の怒りはおさまらず、ビール‼　だと、誰がそんな馬のションベンみたいなもの飲めるか‼　そんなもの飲んでいるから、カラオケも、ダラオケも分からないんだと一喝したらしい。

明治のジイさんにわけもなく怒られ、おいしいビールの味や、程よいお酒の味など、すっかりさめてしまいケンカ別れになってしまい、歌のカラオケはやらなかったらしい。棟梁は知っている人のようで、ジイさんは歌がうまくて、十八番の「またも雪空～心は寒い～…とかくこの世はー…亭主もつならーかたぎを、おもおち～」という歌は特に上手らしかった。……持ち上げるつもりが……。棟梁にお礼にとお赤飯を渡そうとしたが、いりません‼　と受け取らなかったらしい。

姉が平謝りに謝ったらしいが……。

工事が終わったが、後片付けが残っていたらしい。後日にまた若手の大工さんたちが来て後片付けをしたらしいが、破棄するものは、縁の下に押し込んで終了したらしい。どんなにか大工さんや棟梁を父が怒ったのか、今になり、私も想像出来る。きっと腹いせに破棄するものを、縁の下に隠したに違いない。

それから父が他界し、何十年も経っている。縁の下には白アリや、柱にも白アリが来て大変だったとのこと。なんで、歌うたうことをカラオケというんだろう。父のまちがいも、まんざらでもないような気がする。そしてビール好きの人には大変申し訳なく思っている。

明治生まれ、小さな村で育った父には、ビールはなじめなかったのだろう。私は思う。ワインをすすめなくてよかったナァー。なんと言っただろうか……。

こんな甘いもの!! 男たる者、飲める男の気が知れない!! だから女の尻に敷かれているんだ!! と一喝したかもしれない。母もよく怒られていたようだ!! 「ハイ、ハイ!! 私が悪かったです」と言いながら、手の上でころがしていたのかナァー。私だったら「ハイ!! ハイ!! ごめんなさいと」謝りながら、（また怒っている、文句を言っている）と心の中では舌を出していたかもしれない。

そんな明治生まれのカチカチ頭、融通のきかない、男子たる者は……と言い続け、若造には、何が分かるといいばり続けた父の姿がなつかしい。今男性がそのようにいばっていたら即離婚されそうだ!!

笑い袋

1カ月前に勤務表が完成する。特別用事がなければ休暇はとらない。運よく来月は、勤務明けを含め3日間の公休、旅行する当てもなく、途方に暮れていた。

3日もあるんだったら、来なさいヨ。父（チャーヤ）も、軽はいつ来るのかナ？　もどりがつお（魚）で一杯やりたいナァーと話してたワヨ。いつも電話したらと言っていたから、ちょうどよかった。酒飲む相手がいなくて、飲んでもあまりうれしい表情がないのヨと。

その一声で帰省する。東京はTシャツ1枚でも暑い日ではあるが、東北は、ヒシヒシと秋のおとずれのようだ。こっちは寒くなってきたので半袖ではだめだヨ。厚手の物を着用してと、おみやげは何もいらないヨ。顔を見るだけでいいんだから――と、そうもいかない。家族の分を思い、ツッキ（荷物）を用意。今みたいに宅配便なく郵便局のみ、私の荷物が届くのが楽しみのようだった。配達さんの来るのが楽しみで、今日も配達持って来なかった……。あれ今日まだか……と「荷物、オライサ（家）へ届いてませんが、娘から来るはずなんですが」とたずねることもあったようだ。

配達さんは、大丈夫ですヨ。忘れることありませんから……。来たら、必ず持って来ますヨと自転車で通り過ぎていくのを残念がって見送っていたと、母は話していた。

さて、田舎の秋の夕暮れは早い。父と母はいつものように、朝食も終わり、出がらしのお茶をすすりながら。父は上座、大黒柱、母は、お嫁さんがいるので下座ではなく右側に座ってお茶を入れたりする。茶の間は箱型のいろりになっている。自在鉤《じざいかぎ》（天井から吊り下げているやかんや煮たきするようになってる）、囲い炉になっているが、寒くなると自在鉤を取り、こたつにする。

すきま風が通り、寒い。暖房器具がなく、こたつだけでは腰が冷える。それが当たり前だった。何をすることなくテレビなどなく、12時の放送と5時ごろと夜7時にラジオをかけるのが普通だった。とても貴重な存在のラジオ。

ど田舎で、海と山に囲まれていた。冬は海にも出かけられず終日家の中で過ごすか、天気の良い日は散歩。ときどき近所の人が、天気がいいヨ!!　キノコとれたヨ!!　サツマイモがホクホクにおいしいからと、訪問し、あれやこれやと情報の少ない会話を楽しんでいた。

私の家は道路より高台にあり、ウオッチングをしていた。ときどき車が通ると、どこに来たのかナ、りっぱな車だけど、あのバアさん、頬かむりをしてどこに行くんだべ。あのお嫁さん荷物を背負って、何が入ってるだろうね～。出がらしのお茶っこをフゥーフゥー、ハァーとさましながら茶飲み話をしている。新聞、週刊誌などはないので老夫婦（私から見て）で、機嫌の良いときにはそんな話をしながら。

父は潔癖で整理整頓にうるさい。母はどちらかというと、それほどうるさくない。父は、お茶の入れ方がまずい、茶碗の持ち方が悪い、茶菓子のとり方が悪いと、機嫌が悪いと文句を言いだす。母のすることなすこと、いちいち文句を言っていたと。

母曰く、いつものことなんだけど腹立つのヨネ。いちいち同じこと何度も言うんだからー。お前の買ってきた（父母がよくケンカをしているので）笑い袋（ジョークグッズ）を取り出してポン!!　と投げたら、マァー何というおかしな、おかしな笑い声。チャーヤ（父親）に向かってハイ!!　と一緒に笑ったが、なんで機械がそんなに笑うだ!!　くそおもしろくもないのに……と。いっとき一緒に笑って。

ジイさん!!　笑いも、いいもんだネ……。ほら、いい顔になりましたヨ。ひげそりでもしませんか、手伝いますよ!!　そんな会話になったとか。笑い袋っておもしろいネ。今度、嫁夫婦にも、試してみよう――と母は上機嫌だったのは言うまでもない。帰省に父とのお酒、母のぐちをたくさん聞くことが出来、おこづかいももらい、また一緒に笑い袋で、一同が笑顔となった。田舎の一日は日暮れが早かった。

母からの手紙（原文）

①

軽子さん、おげんきですか、こっちもかわりありません。

じいさんも、みんなげんきであります。あんしんしてください。

おまえのからだだけが、すんぱいです。くう（喰う）ものをすっかりくっているか、おかねあるのか、さむくしてねえかな、よるのしごとしているからねてるのかな、ねむれているのかなとすんぺですんぺで、ならねえ。このあいだマゴがきて、じいさんとさけっこのんでいきました。

軽子っあねがきてたらじいさんも、よろこんでいっぱいさけっこのんだのにと、はなしてました。こっつはすんぺない。おまえのからだきをつけろヨ。

②

軽さん、きょうはてがみありがとう。おしょうがつこれないと、がっかりしてしまいました。△△ちゃん（孫）がむかえにいくといっていました。ざんねんで、ざんねんでたまりません。おまえからのてがみをみて、むねがすうとしてどかどか（動悸）がすこしよくなったようです。こんやはよくねむれそうです。

おまえもからだにきをつけるんだヨ。いつもおまえのことだけ、すんぱいですんぱいでねむれないときもあります。でんわえんりょうしないでくださいね。まってますよ。

③

軽さんてがみありがとう。おまえのことだけすんぱいしてました。

こっつもしんぱいもしないでください。じいさんもげんきです。

TさんHさんも軽ちゃんげんきですかとゆうておりましたよ。

さむくなってきたので、からだにきをつけてね。

じいさんが、おいしいさかなかって、いいしょ（一緒）に、さけっこ（お酒）のみたいとゆ

イラスト　Kimi

うてます。いつかやすみとってきてください ね。

くびを、ながくして、まってますヨ。


けっして上手な字ではないが、そして娘を思いやる気持ちが、今母の年齢になって分かるような気がする。

お金あるか、喰う物を喰って、からだに気をつけろヨ。

仕事つらくないか、むりするなよ、夜、寒くないようにして寝るんだヨと。

1泊でも帰って顔を見せるだけで安心するだろうに、そんなこと考えることもなく、休みになると、飲み歩き、手紙に1000~20000円同封してくれるのを、気持ちも知らずにビール代に。

寒い日、ちょっとの陽だまりの縁側で、メガネを鼻の下まで下げて、膝をつき、お尻をちょこんと出して、背を丸めて鉛筆をなめながら書いてくれた手紙の数々……どんなに私を思っていたことだろう——親の心子知らずと言うが、まさに私!! 最後まで母の気持ちを分かってあげられなかった。終活に入り、手紙を読みかえし、あのときは感じなかった感情が、涙となり、合掌する。自分のことだけでなく、ちょっとは母のことを思い、手紙をもっと書くとか電話とかすればよかったと後悔する今日このごろ。

ほしいものがあったら、いつでもてがみよこせ。えんりょうしなくていいから……と書いてあったが、母が私からそのように言われたかったのかもしれない、ごめんなさい。

数えきれないほどの手紙、字が乱れ、字の大きさ、字の小ささ、便箋の使い方で感情表現していたのかもと、なんで分かってあげられなかったか、心が痛む。

火葬はあついからいやだナ、死ぬのが怖いヨ

96歳。

オレが死んだら、火葬にはしないでくれ、死ぬって怖いんだろ、あついんでしょ‼　おれはいやだ、土葬にしてくれ。そしてチャーヤと70年も一緒に暮らしていた。選ばれて選んだ夫婦だもの、一緒の墓に入りたくないと言っていたが、一緒の墓に入れてくれヨナ……。そして兄弟仲よくするんだヨ。何かあっても自分がバカになれば、世の中丸くいくことを知ってほしい。どんな人にもわがまま言わずに、やさしくしてやることを忘れないようにナと、手をぎゅっと握り（弱々しく思ったが）、しわでしわくちゃだったがあったかかった。いつまでも離さなかった。

まだいろんなことを話したかったんだろう～。うわごとのようにいろんなことを、ああ～お前にずっといてほしいナァー、そばにいてほしいナァーとも言っていたが、「仕事があるので次の休暇、3日後に来るヨ‼」と言ったら涙を流していたような気がした。休暇2日前に亡く

なった。

亡くなった朝、8時ごろ朝食後、主治医と握手をして、いつのまにか呼吸が出来なくなっていた様子。

96歳にもなるのに気管切開をしたり、電気ショックをしたりと、いろいろと治療をしてくれたが、この世を去った。私は「尊敬する人は?」と聞かれたら、母と答えるでしょう。

そうそう、母の言葉をもう一つ。

父親は淋しいものなんだヨ。強そうにしているだけ。ガガさん、ガガさん(母親)と3回呼ぶときには、5回チャーヤ、チャーヤ(父親)と呼ぶんだヨ。父親は淋しいもんだからと。

あとがき

日ごろなにげない日常生活のリアルな行動、言語について、ちょっと耳よりな感じのエピソードを素で書いてみた。

出版の飯塚さんに、ちょっとおもしろいじゃない!!

編集部に経験豊かな人いるワヨと西村さんを紹介してくださった。

本にしたらおもしろいかもネ!! と。

言葉の魔法にかかってしまった。

高齢者の特徴でもある好奇心!! 回想を思うがまま書いた。

同年代の人やお孫さんが、おじいちゃんおばあちゃんもそうだったナァ～と、クスッと笑えて共感し共鳴し、気分転換になれたらうれしい。認知症は早期発見、まわりの人たちが気づいてくれるとのこと。

私には、幸いにも悪友が（？ ごめんなさい）、友人が多く、辛口の批評をしてくれるので、カチンとくるが、そんな友人に恵まれ大切にしている。1～2年前にMRI検査、軽い認知症テストも受けた。専門的なことは分からないが（脳の海馬や扁桃体）今のところ、心配ないんじゃないの？　このままの生活を送っていいんじゃないいのと説明を受けた。

友人にも話した……あなたが、がっかりするから本当のこと言わなかったんじゃないの？　ムッ⁉……どこで検査したの？……私も行ってみようかナと小声でつぶやいていた。

認知予防、フレイル予防のために通っているジムでの出来事は新鮮である。若い人、高齢者のへだたりなく、音楽が流れるのは楽しく、ワンテンポ遅れたりするがリズムに乗って本当に楽しい。特にヨガ、体幹が不安定だが集中し、ポーズが出来ると達成感を味わい、体がリラックスする。

コロナ禍で、他者との交流、雑談が少なくなったが、「やばいんじゃない‼　何？　この人……マジなの？」と辛口で言ってくれる友人は大切である。刺激を受け、刺激し、時には鈍感も必要だが、辛口ながら思いやりのある会話で認知症を遅らせる効果、またフレイルの予防にもジムでのレッスンは楽しい。

この本を読んでくださった方、また興味を持ち、読んでくださった皆さん、ありがとうございます。

いつまでも、ユーモアとジョーク、そして好奇心を持ってクレイジーに過ごしていきたいと思ってます。

また、本でお会いする機会がありましたら。お楽しみに……。

文芸社の飯塚様、西村様、大変ご苦労をおかけいたしました。そしてご協力いただきありがとうございます。

一冊の本が出来たこと感謝しております。

現在77歳、幸喜高齢者、クレイジー軽子

2023年1月吉日

著者プロフィール

クレイジー軽子（くれいじーかるこ）

1945年生まれ
宮城県出身、埼玉県在住
元看護婦
1963年　准看護婦資格取得
1972年　看護婦資格取得
1993年　調理師免許取得
診療所より幾多の病院を経て、2006年東京大学病院を定年退職する
好きな著者は多湖輝先生

イラスト協力
山女・増田敬子
ちづ（75ページ、117ページ）
Kimi（70ページ、165ページ）

幸喜高齢者のリアル

2024年２月15日　初版第１刷発行

著　者　クレイジー軽子
発行者　瓜谷 綱延
発行所　株式会社文芸社
〒160-0022　東京都新宿区新宿1－10－1
電話　03-5369-3060（代表）
03-5369-2299（販売）

印刷所　株式会社エーヴィスシステムズ

Ⓒ CRAZY Karuko 2024 Printed in Japan
乱丁本・落丁本はお手数ですが小社販売部宛にお送りください。

送料小社負担にてお取り替えいたします。

本書の一部、あるいは全部を無断で複写・複製・転載・放映、データ配信することは、法律で認められた場合を除き、著作権の侵害となります。

ISBN978-4-286-24303-0